Literatur Quickie
VERLAG

Ulrike Schrimpf

LAUTER GHOSTS

Ein Roman

Literatur Quickie Verlag Hamburg

Die Erde hat sich ängstlich
zusammengeschmiegt wie ein
Kind, und über ihre Wiege
schreiten die Gespenster.

GEORG BÜCHNER, *Leonce und Lena*

Prolog

Wenn die Ghosts in diesem Roman Gestalt annehmen, dann haben Undine und Albert nach drei Jahren algorithmischen Aufeinanderabstimmens, Annäherns und Anbandelns ihre virtuelle Realität verlassen, um ein reales Date miteinander anzubahnen. | Sie sind als Social-Media-Spieler des Metaversums im ›echten‹ Leben angekommen. Aber um was zu tun? | Nach dem ganzen Ghosting und Postings im World Wide Web. Nach dem virtuellen Verbinden und Verschwinden, Sich Sich Versprechen, Sich Verliken, Verlinken und auch dem immer wiederkehrenden Verlust der Geister, die man mühsam und gefühlsstark im Internet in sein Leben hat eintreten lassen. Ist das alles etwa nur ein Warm-up für wirkliche und wahre Begegnungen im Leben? Und was ist überhaupt die Wirklichkeit und was die (Geister-)Welt des Netzes? Wir wissen es nicht. Am besten fragt man Ulrike Schrimpf, die Autorin. In Lauter Ghosts *weiß sie in ihrer gekonnten und leicht saloppierenden Sprache davon zu erzählen. Sie lässt in dem Roman nicht nur die Liebesgeschichte von Undine und Albert lebendig werden, sondern auch die Lebensgeschichten von anderen Gestalten, Wesen, Maskierten und Spielern im Internet, getrieben von der Suche nach Zuneigung, Verständnis und Begegnung.*

Peer Orlinski, Frühjahr 2023

Jahr 1

der moment in dem du dich zum ersten mal als eigenständiges individuum empfunden hast …

Hä?

als ich endlich ausgezogen bin, mit 16 Jahren, weg von einer missbräuchlichen Mutter und einem Vater, der mich geschlagen hat

— same here
— warum nicht früher?
— Gut gemacht

noch nie, hahaha

Das ist doch im Spiegel-Stadium oder wie das heißt, wenn man sich selbst im Spiegel erkennt, als Kleinkind, so mit 1 1/2 Jahren?

— aber an welchen moment erinnerst du dich?

ich im halbdunkel autos fahren vereinzelt vor dem haus vorbei scheinwerfer kreuzen die zimmerdecke vor kurzem haben wir unsere drei katzen weggeben müssen, melchior, kaspar und balthasar, so hießen die wirklich, ich hatte plötzlich eine katzenhaarallergie entwickelt, der erste große schmerz in meinem leben, als wäre es heute, erinnere ich mich | ich kann nicht schlafen, weine und sehne mich nach ihren warmen, pulsierenden körpern, puppen waren sie für mich, die ich in mein bett geholt habe, um mich endlich nicht mehr zu fürchten

— was hat das mit der Frage zu tun?
alles
— wahrscheinlich bin ich zu doof dafür
kann sein

und du, Albert?
— ich hab euch gefragt

als ich das erste Mal eine Frau gevögelt habe
— geil
— wann sonst
— aber Sex ist doch gerade etwas, bei dem man ineinander verschmilzt, Symbiose, Innigkeit, ich finde es seltsam, dass du das so siehst

ich war ungefähr zehn Jahre alt und bin eine Straße entlanggelaufen, es war Herbst, das weiß ich noch, weil ich immer noch höre, wie meine Füße durch das trockene Laub rascheln, von den Bäumen gefallen, plötzlich habe ich das Gefühl, ein Nebel lichtet sich um mich herum: ich trete aus einer Dunstwolke heraus und hinein in etwas Klares, eine neue Dimension, mein eigenes Ich

was soll das sein: ein eigenständiges Individuum?
seriously

zweite Sonate, erster Satz, Johann Sebastian Bach, drei Sonaten für Viola da Gamba und Cembalo https://www.youtube.com/watch?v=F1Z2bfQGZgQ

— ergreifend
— schön und gut, aber warum immer mit diesem Trockentuter Gould da gibt's doch bessere Aufnahmen
— Klugscheißer
— Trockentuter?
— ich muss immer weinen, wenn ich das höre

Wer bist du?

— ein Schleimer
— haha

ich hasse klassische Musik

— ich auch
— da sind wir schon drei
— gut gesagt
— was ist daran »gut gesagt«? die stupide Kritiklosigkeit, die hier herrscht, erschöpft mich

Februar

Albert hat sein Profilbild geändert.

Albert hat sein Profilbild geändert.

Albert hat sein Profilbild geändert.

hast du’s bald?

ich finde alle Bilder heiß

mir gefiel das davor besser, auf dem du so sensibel-tiefgründig in die Ferne blickst

— haha sensibel-tiefgründig das beschreibt dich 120-prozentig hätte ich nicht besser sagen können genial

— was gibts da zu lachen

wann machst du deine nächste Ausstellung?

schickes Hemd

— finde ich auch

diese abstrakten Blätter ... das hat so etwas surrealistisches

— das sind hirschkäfer

Ein Brief, den du geschrieben, aber nie abgeschickt hast?

unzählige
— **zum Beispiel?**
ist mir zu privat
— **Das kann ich gut nachvollziehen.**

wer schreibt heute noch Briefe?
— meine Güte, dann halt ne Mail,
WhatsApp, Simse, ein bisschen Fantasie

einen Brief an mein junges Ich
— echt?
echt
— Was würdest du schreiben?
du wirst nie schöner sein als jetzt, hau auf die Kacke, mach dir nicht so viele Sorgen, iss öfter Gemüsecurry, lass dich nicht auf F. ein und schimpf Papa nicht voll, wenn er in der S-Bahn Wein aus der Flasche trinkt, sondern trinke mit ihm, halte vor allem tausend mal öfter seine Hand, er braucht das, auch wenn er es nicht sagen kann, und in ein paar Jahren ist er tot
— wow ok ...
so genau wolltest du es auch wieder nicht wissen, stimmt's?!
— danke!

und du?

Ich wünschte, ich könnte dir noch einmal begegnen, denn dieses Mal würde ich dir die Fresse polieren. Honey, mach dich auf etwas gefasst, ich schlag dich zusammen, ich schlag dir alle Zähne aus, ich schlag dir deinen Schädel ein, seit Jahren trainiere ich dafür. Als ich heute Morgen aufgewacht bin, wusste ich plötzlich, warum ich seit Jahren Sport treibe, jeden einzelnen Tag mache ich Sport, Yoga, Kickboxen, Pilates, Bootcamp. Das ist zwanghaft, sagen meine Freunde, aber nur so fühle ich mich gesund, und heute bin ich so stark wie nie, einen Bizeps habe ich wie eine Kugelstoßerin. Neulich hatte ich eine schwere Operation, aber schon nach einem Tag bin ich wieder auf beiden Beinen gestanden, alle haben sich gewundert, die Ärzte und Pflegekräfte. Mach dich auf was gefasst, Ungeheuer, ihr Ungeheuer, macht euch auf mich gefasst, ich schlage euch zusammen, alle, die mir Schmerzen zugefügt haben, schlage ich zusammen. Bei vollem Bewusstsein zertrümmere ich euch die Jochbeine, ich reiße eure Augen aus, verrenke euch die Knochen, solchen Schmerz habt ihr noch nicht erlebt, ihr sollt wissen, dass ich euch nicht verziehen habe, und ich werde euch nie verzeihen. Alles, was ich will, ist Rache, ich bin eine Furie, eine Rasende, ich werde nicht ablassen von meiner Wut, nie mehr lasse ich von ihr ab.

— undine ???
— krass!
— nicht dein ernst
— nur, wenn wir verzeihen, können wir auch genesen
— binsenweisheit
— Rachegöttin

lauter briefe an dich, babe

warum hast du unsere freundschaft verraten jetzt
heulst du rum und wir können nicht mehr zurück
— toller Brief …

März

ich gehe nicht mehr ins theater seit jahren zieht mich nichts mehr dorthin es ist an der zeit damit abzuschließen denn ich ertrage das aktuelle theater nicht mehr verlogenes theater verbogenes theater feuerverbanntes schwarz gekohltes baumleichentheater endgültig vernichtet meine erste große leidenschaft im leben kaputt finanziert gestört verspart nachhaltig vergiftet schizophren durchdiätet niedergesumpft geltungsdrang machtmissbrauch heuchelei ohne ende seit jahren sehe ich keine ehrlichen inszenierungen mehr das gegenwärtige theater kann meine selbstgespräche nicht mehr durchbrechen gruppenkunst ist sowieso eine komplett verschissene angelegenheit und auch einpersonenstücke halten sich mir vom leib allein das autistische theater kann mich noch auf eine art und weise erreichen diese wie in blei gegossene materielle einheit von schöpfer und werk deren staubgeruch ich mehr vermisse als alles andere

einfach alle über einen kamm geschoren

Dusch mal kalt. Am besten eiskalt.

feuerverbannt?

— wahrscheinlich ein Tippfehler
— Das ist es, was dich an dem Text beunruhigt? | »das autistische theater diese wie in blei gegossene materielle einheit von schöpfer und werk«???!!!

Oh, ich gebe dir so recht, danke für deine klaren Worte, Albert, du bringst die Dinge immer so gut auf den Punkt.

— Ich arbeite seit mehr als zwanzig Jahren am Theater, immer Off-Bühnen, immer Geld- und Zuschauermangel, wir machen, was wir wollen, und woran wir glauben, basisdemokratisch, immer wieder bekommen wir wunderbares Feedback von unseren Zuschauer*innen. Neulich hat eine Frau auf mich gewartet nach der Aufführung und gesagt: Ich gehe jetzt nach Hause und trenne mich, das haben Sie geschafft. Was wollen wir mehr?

— basisdemokratisch vor allem ...

— und?

— das ist wirklich toll

— das Stück will ich auch sehen

— drei Eimer vollgelacht

— super geschafft

Was ist mit Brook, Peymann? Castorf? Müller?

— alles nur Männer ...

théâtre du soleil

— was ist das?

Das Theater von Ariane Mnochkine in Paris, so großartig! Ich werde nie vergessen, wie ich dort Ende der 90er eine Aufführung besucht habe, irgendetwas mit Trommlern | Mnouchkine und Cixous haben Karten abgerissen, in der Pause gab es fantastisches asiatisches Essen, ein Farbenspektakel, sehr eindrucksvoll.

— und was hat dich daran berührt?

Hab ich doch geschrieben ...?!

— nein

— »Und dennoch ist das Theater gleichsam ein Heiligtum. Selbst die, die nie ins Theater gehen, wissen, dass es auf keinen Fall verschwinden darf … Ich glaube an das Licht. Ich glaube an das Leuchtende. Ich glaube an die Anregung durch Licht, durch Hoffnung, Freude, durch Lachen, Tränen, durch Schönheit. Ich glaube an das Gefühl. Es sind Träger des Denkens, Träger des Lebens. Es sind Träger der Intelligenz … Das Theater ist auch ein Ort der Erotik, kollektiver Erotik. Die Zuschauer kommen ins Theater, um lebendige Körper zu sehen. Sie kommen, um die Zuschauer zu verschlingen! Mit den Augen und Herzen.« Ariane Mnochkine

— warum schreibst du nicht von dir

— fast genauso unverständlich wie Alberts Text

Andrea Breth!!!

— die olle Schabracke …

wie hohl und sexistisch!

— das ist mir egal

mir nicht

— ok

fantastische Regisseurin

— steinzeit

Undine hat ihr Profilbild geändert.

Wenn du im Licht sitzt, bist du am schönsten, sagt Laura, und was sie sagt, stimmt. Also bleibe ich ab jetzt und für immer hier sitzen im Gras, im Park, in einer Stadt, in einem Land, auf der Erde, die kühl ist vom Winter. Wer schön sein will, muss nicht leiden, hat Hilde zu mir gesagt, meine liebste große Tante, fast 1,90 Meter war sie lang und zum Frühstück hat sie Reiterchen bereitet aus Pumpernickelbrot, Butter und Johannesbeergelee. | Alles habe ich daran geliebt, die Aderwürmer auf den Handrücken, das Pergament ihrer Haut, den schmalen Goldring an ihrem Mittelfinger, nur noch ein Hauch war er am Ende, eine Art dünner Faden, so sehr hatte er sich abgenutzt im Laufe ihres Lebens. | Ich sitze also hier auf kalter Erde, morgen habe ich vielleicht eine Blasenentzündung, aber heute bin ich in Lauras Augen schön und im Licht, ich kneife meine zusammen, so dass sich Falten bilden um sie herum, aber auch das ist eine Einbildung. Meine Erdbeere bist du, flüstert Tobias mir ins Ohr, als ich ihm auf der Kindertoilette den Po abwische, aber was er sagt, stimmt leider nicht.

kannst du mal ein bild posten auf dem man dein gesicht richtig erkennt …

recht hat sie!
— Wer?
Laura

purpur steht dir phänomenal!

mir hilft immer das Granulat von Femmanose,
wenn ich das Gefühl habe, ich bekomme eine
Blasenentzündung
　　— weil es darum geht …
ja, klar
　　— nix kapiert
ich bin mir sicher, Undine freut sich über einen
guten Tipp!
　　— nope
Arschloch!

I like your style

nicht immer zum Lachen in den Keller gehen
　　— nicht immer ins klo greifen
　　— nicht immer das Maul aufreißen

auch schon ein paar Jährchen her
　　— Von gestern halt. Aber für mich
　　vergeht die Zeit auch wie im Flug.
echt?

wo gibt's die Ohrringe? Oberhammer!

leute, lest das: »unterhaltung wird eine ware der menschen. sie unterhalten sich um sich zu streiten vor allem wenn sie das noch einem größeren publikum zeigen können ist das die moderne art des gladiatorenkampfes. die gehen aufeinander los und jeder versucht den anderen kleinzukriegen. oder sie unterhalten sich um sich zu zeigen wie gescheit sie sind oder wie überlegen sie sind. oder sie unterhalten sich um sich zu bestätigen, dass sie wieder mal recht haben... sie unterhalten sich vor allem mit dem zweck dass sie nichts neues denken wollen. sie haben ihre meinung und der andere hat seine meinung jeder weiß schon was der andere sagen wird ganz genau und sie beweisen sich nur dass sie beide nicht von der stelle zu rühren sind. eine unterhaltung ist offen... ist nicht eine bekehrung ist nicht ein streit es ist ein austausch. es kommt gar nicht darauf an wer recht hat es kommt nicht einmal darauf an ob das was man sagt so außerordentlich wichtig ist. worauf es ankommt ist dass es echt ist. vielleicht kann ich mal ein ganz kleines beispiel geben. zwei kollegen gehen nach hause. der eine sagt zum anderen: ich bin ziemlich müde. und der andere sagt: ich auch. das klingt vielleicht sehr banal aber es muss nicht sein denn wenn die zwei dasselbe getan haben wissen sie auch welche müdigkeit jeder hat und so bauen sie sich eine sehr echte menschliche brücke: wir beide sind müde und wir beide wissen voneinander wie müde wir sind. das ist viel mehr von einer unterhaltung als wenn zwei intellektuelle anfangen sich in großen worten über die

neuen theorien zu unterhalten. die halten beide nur monologe und berühren sich in wirklichkeit gar nicht.«*

vastehicknich

mich hast du mit dem Text berührt, danke

ich werde gerade auch ganz müde ...

fantastische Überlegungen, sehr passend, gerade auch zurzeit

dass der auch mal was Schlaues gesagt hat
— was hast du von ihm gelesen?
na, komm schon, wie heißt das noch, ähm, ah, ich hab's, »die Kunst des Vögelns«
— haha sagenhaft witzig

ich habe Hunger | ich auch | ich habe Muskelkater | ich nicht | ich bin genervt | ich auch | ich habe Kopfschmerzen | ich nicht ... | ich verstehe die Theorie, aber nicht die Praxis, und was ist eigentlich »echt«?
— das ist zum Beispiel keine echte frage
Doch.

* »Im Namen des Lebens«, Interview zur Biographie mit Hans Jürgen Schultz; Produktion des Süddeutschen Rundfunks Stuttgart; Erstsendung am 5.1.1974; Aufnahme 1973 in Zürich.

Geträumt 1

Einmal in eine dieser WhatsApp-Eltern-Gruppen schreiben: Fuck off! Ist mir scheißegal. Komplett latte. Lasst mich einfach in Ruhe. I couldn't care less. Ausrufezeichen. Kackhaufen. Kotzsmiley. Nein, ich will keine fünf Euro spenden für irgendein beknacktes Armband mit Namenszug, das wir Erzieherin X, Y und Z schenken. So toll, was für eine schöne Idee, soll ich eine Karte dazu basteln, Blumen wären auch nett. Nein. Einfach nein. Ich will keinen selbstgebackenen Kuchen mit Ahornsirup, Pastete mit Tofu, Nudelsalat mit Sellerie, leckerschmecker und gesund gleichzeitig, die perfekte Mischung. Will ich alles nicht. Ehrlich. Ich verzichte auf Greet-and-Meets, Erfahrungsaustausche, Geburtstagspartys, bei denen jedes der 20 eingeladenen Kinder ein selbstgebatiktes T-Shirt geschenkt bekommt. Whatthefuck. Steckt euch euren Mist irgendwohin, aber nicht mehr zu mir. Ich habe genug. Wirklich. Genug von eurer Emoji-Flut, eurem Bombardement, Achtsamkeitskrieg. Ich will keine Herzsmileys, keine dicken roten getrippelten Ausrufe zeichen, Sektgläser, Elfen, Hunde, Luftballons, blauen Vögelchen. Since I have had enough. Einmal auch auf einem dieser Elternabende sagen, auf denen du sitzt mit knurrendem Magen und deinen Gedanken überall, aber nicht da, wo sie sein sollen: Einfach mal die Fresse halten. Einfach mal alles so schnell wie möglich durchziehen und nachhause gehen zu unseren Kindern. Einfach mal den Ball flach halten. Nicht schwafeln, Muskeln spielen lassen, Standpunkte durchdrücken. Since noone cares. Ob ihr gegen Süßigkeiten in der

Frühstücksbox seid oder die Filzstife von Faber besser findet als die von Castell. Noone cares, really. Hand aufs Herz, i don't give a shit. Bitte. Und dann?

Knaller!!!

endlich sagt's mal eine

hot mama

— **was soll das sein und was hat das hier zu suchen ich kenne nur heiße kastanien**

— **Heiße Kartoffeln?**

Find ich nicht ok, eine:r muss es machen, ich bin immer dankbar, wenn sich Eltern um die Dinge kümmern. Ich weiss auch überhaupt nicht, was an Herzsmileys schlimm sein soll.

gähn sich über tofu und süßigkeitsverbote aufzuregen ist so was von oldschool

— sehe ich genauso

abgesehen davon ist jedes Engagement in der Schule politisch, zumindest in der Grundschule

— **was oldschool ist, ist mir schnurzpiepe**

ich hab mich weggepackt große Klasse!

— und nach dem Elternabend nach Hause gehen, Beine hoch, Joint raus, nur so geht's

— seltsamer Humor!!!

Faber & Castell ist die gleiche Marke

— ach ...

aus meiner sicht die wichtigste zeile im text: »und nach hause gehen zu unseren kindern«

einfach nur geil: »I wanna be your dog«, the Stooges https://www.youtube.com/watch?v=vwmU343eBuo

Rückfall in die Adoleszenz?

I agree

mega

and now I'am ready to close my eyes
and now I'am ready to close my mind
and now I'am ready to feel your hand
and lose my heart on the burning sand

and now I wanna be your dog
— I wanna be your cat!!!

was für Kinder
— so what

hörst du die wirklich noch, Albert?
— nein

April

Geträumt II

Mein Klo ist verstopft, ich finde den Pömpel nicht, also wanke ich durch ein Dunkeltal, einen Tannenwald, der kerzengerade steht wie die Antarktis, lauter Kühlschränke. Zum Glück trage ich einen Bademantel aus hellrotem Blut, das aus Fingern strudelt, wenn sie nur an der Oberfläche angeschnitten werden, ist mir der Mantel wesentlich zu klein. Pömpel denke ich, was für ein schönes Wort, ein seltsam schönes Wort, in meinem ganzen Leben liebe ich es mehr als alles andere, aber was soll nur werden, wenn ich noch nicht mal einen Pömpel habe? Eine Papierlage nach der anderen stopfe ich in die Schüssel, aus der mir bald ein Berg entgegen wächst. Wieso ist nichts aus mir geworden, rein gar nichts wird jemals so sein wie ich es will, endlich ist mir zumindest das glasklar: Ich sattele um und werde Klempnerin, die Lösung liegt auf der Hand, und als eine Kröte auf dem Papierberg landet, hat sie Libellenflügel, die sie tragen können.

Ich wünsche dir einen wunderbaren Morgen!

hello beauty ...
— **hello ugly**
was soll das du Schlampe ich ficke keine Mumien
hast du mal in den Spiegel gesehen
— einfach so schnell wie möglich
blockieren

Pömpel, was ist das?

Ich hab heute auch schlecht geschlafen.

nächstes mal ein paar metaphern weniger
aber pömpel sind geil

— Was für Metaphern?

ich glaube sie wollen überhaupt nicht wissen
was andere über ihre texte denken

— **Und warum bist du hier?**

— lass dich nicht ärgern süße das ist, glaube ich, einfach so ein troll

Geht's dir gut, Undine? Mach mir ein bisschen Sorgen ...

eine Kröte mit Libellenflügeln möchte ich auch mal treffen

Mai

Heute: Interview im *Freitag* mit Kachel - lesen! »Wann geben wir endlich zu, dass wir uns einfach nicht begegnen? Wann endlich stellen wir uns dieser einen Tatsache: Unsere Wege kreuzen sich nicht, nicht in der Wirklichkeit, nicht in diesem blutleeren Vakuum, das wir Heimat nennen, wo wir absichtslos herumpaddeln, Mütter Töchter massakrieren, Söhne an Vätern krepieren, Frauen Schwestern strangulieren, Brüder Freunde fressen. Kontinuierlich starren wir durch ein Schlüsselloch auf das Leben der Anderen, so voller Sehnsucht sind wir, Sehnsuchtsmonster, alle miteinander. | Mehr ist uns nicht gegeben als diese allumfassende Sehnsucht nach einer wahrhaftigen Begegnung, nicht mehr als ein stummes Starren durch das Schlüsselloch auf der Suche nach Licht. | Neulich habe ich in einem Museum einen Türknauf gesehen aus dem 18. Jahrhundert, der wie ein menschlicher Körper geformt war, ein nackter Körper. Sein Kopf schwebte direkt vor dem Schlüsselloch, die Hände umschlossen es, fast sah es so aus, als klammerten sie sich fest. Nie, das war klar ersichtlich, würde er hindurch gelangen, der menschliche Körper, niemals, durch das winzige Loch.« | Presse: »War das der Körper einer Frau oder eines Mannes?« Kachel: »Darum geht es nicht.«

einfach nur bullshit

Ich finde die Frau schon lange genial!

Was gefällt dir daran, Undine?

Ich finde Kachel in allem, was sie schreibt und äußert, mutig, schonungslos, sogar tollkühn. Immer geht sie weiter, nie bleibt sie stehen, ruht sich nicht aus, obwohl sie so viel Erfolg hat. Es wäre superleicht für sie zu sagen: Das kann ich, das mach ich, das verkauft sich, tut sie aber nicht, nicht die Kachel. Ich liebe sie.

mir haben ihre ersten beiden Romane auch noch gefallen, mutig ja, scharfsinnig auch, aber der letzte ist einfach nur noch ordinär, geschmacklos, all diese Frauen, die ständig ihre Geschlechtsteile entblößen …

— **selten so einen schwachsinn gelesen wie deinen kommentar das buch ist groß ich habe beim lesen geweint**

Wie kann man bei solchen Vulgaritäten weinen? geht das nicht freundlicher?

— **wer beim lesen von »nacktschnecken« nicht weint ist herzamputiert**

@undine es wäre, glaube ich, an der Zeit, dass du hier moderierst, immerhin ist das deine Seite

Bahnhof!!

— Hä?!

Ich versteh nur Bahnhof.

— Ach so. Ich auch. Haha.

Was wütest du auf meiner Seite? Ich kann deinen Punkt verstehen, aber den Ton nicht.

Frieden!

warum duzen sie mich gegen idioten muss ich vorgehen so etwas kann ich nicht stehen lassen grober tobak das buch ist mir wichtig

Mir auch. Trotzdem will ich so etwas nicht auf meiner Seite haben.

ich habe ihre friedensrede gelesen allerdings kann ich die kommentare der anderen nicht mehr sehen haben sie sie gelöscht

Warum sollte ich? Vermutlich haben die Anderen Sie blockiert.

verstehe

ich werde das buch illustrieren und eine ausstellung dazu machen

ich bin ein zorniger mensch ich handele mir ständig ärger ein mit menschen die an mir vorbeigehen auf der straße mit schaffnern kellnern bibliothekaren

Aha.

sorry ich bin gerade tendenziell besoffen

Ich auch.

top

Gibt's die alle nur in männlich?

watt?

Menschen, mit denen Sie sich streiten, Schaffner, Kellner usw.

wieso

Sind Sie vielleicht einer dieser Spezies?

?

alter weißer Mann?

auf jeden fall

Prost!

was sind sie denn

Neulich bin ich aus einem Auto ausgestiegen, weil jemand eines meiner Lieblingsbücher beleidigt hat.

logisch

Ich schlafe jetzt.

längst ich schlafe längst

Juni

Was bedeutet das für Sie?

was?

Ein alter weißer Mann zu sein?

bin alt weiß und ein mann

Sieh an.

sie sollten wissen dass die meisten gesellschaftspolitischen debatten mir am arsch vorbeigehen

alter weißer Mann eben

wie heißt das buch

Welches Buch?

wegen dem sie aus dem auto ausgestiegen sind

weil es beleidigt wurde

Juli

wie geht es dir undine

Seit wann duzen wir uns?

du hast nicht auf meine frage geantwortet

und du nicht auf meine

auf welche

Auf die mit dem awM.

hä

mit dem alten weißen Mann

ich habe geantwortet

Nein.

Ich habe dir eine ehrlich interessierte Frage gestellt.

ich dir auch

Bist du wütend?

nein du

Nein.

Ich kruschpele herum, es ist gerade viel auf einmal. Und du?

ich arbeite an collagen komme aber nur schleppend voran mache meine fucking steuererklärung lese was über lügen in der kunst und du

Alle Lügen sind wahr. Habe ein krankes Kind zuhause, zwei unfertige Texte, viele Überstunden, x unnötige Gedanken pro Sekunde.

was ist unnötig

»Kleine standhafte Katri«

hä

So heißt das Buch.

noch nie gehört

von Auni Nuoliwaara

Machst du die Collagen zu dem Buch von Kachel?

nein das gehe ich später an dafür brauche ich zeit

Ich hab etwas veröffentlicht. Das ist der Link, du kommst darin vor.

Undine hat einen Link versendet.

wow danke das vergesse ich nicht

Du hattest Recht.

womit

mit deinem Wüten

klar

Willst du etwas von mir wissen?

total viel

Was denn?

was zieht dich an bei einem mann was fehlt
dir in deinem leben warum fühle ich mich zu
dir hingezogen

So einen Kram?

was willst du denn von mir wissen

Was ist deine Lieblingsfarbe? Was isst du am liebsten? Was sind deine Hobbys?

braun wurst bobfahren

Nichts davon ist wahr.

alle lügen sind wahr

Warum magst du das Buch von Kachel?

es ist zärtlich und kühn trauer ohne klage
uneitel ohne schutz bei sich radikal ehrlich

Mir gefallen Menschen, die auf dem Kopf gehen
und dabei lachen.

mir gefallen menschen die den lenz mögen

Mir fehlt jemand, der mich hält und dabei atmet.

»Wir sind Dickhäuter, wir strecken die Hände nacheinander aus, aber es ist vergebliche Mühe, wir reiben nur das grobe Leder aneinander ab, - wir sind sehr einsam.« Georg Büchner, *Dantons Tod*

immer diese depri-postings, undine, kannste nicht mal wieder was lustiges schreiben, ich schenk dir auch ein herz dafür das vibrieren kann

— also ich reib mein Leder gerne an anderen ab

— hahahahahahaha

— gefühllos

call me!!!

ich bin mir sicher es gibt hier einige, die liebend gerne Zeit mit dir verbringen würden ...

— knickknack

woran ihr immer gleich denkt

es geht hier nicht speziell um mich

— warum postest du es dann?

— sondern ...

ich liebe Nashörner die sind so schnuckelig riesig und unbeholfen genau wie ich

Büchner, einer der ganz Großen, ich liebe ihn seit langem, kenne alles von ihm, so radikal, intensiv, mutig, zerrissen ...

— so viel hat er nun auch nicht geschrieben

findest du?

— nur die besten sterben jung

— was für ein unfassbarer sammelplatz für bildungsbürgerliche kackfloskeln ist das hier
— Sind Sie einsam?
— sind sie übergriffig
— Ich stelle nur Fragen.
— die ich nicht beantworte
— Ihr gutes Recht.
— ok
— Und mein gutes Recht ist es, Fragen zu stellen.
— sie verhalten sich wie ein kleines kind
— Und Sie?
— Lass dich nicht von diesem Bekloppten ärgern, der hat sie doch nicht mehr alle.
— sind sie sich dessen bewusst wie unglaublich herablassend ihr kommentar ist eine unverschämtheit

leute es geht um einsamkeit ich habe eine freundin die hat hier neulich so ein reel angekuckt ein typ mitte 50 steht da und kuckt in die kamera so ein bekannter aus dem fernsehen ich sag jetzt nicht wer der steht da einfach und kuckt verschlafen irgendwie mit so einer weirden blauen strickjacke und er sagt ich bin einsam er sagt das einfach so ohne drama ohne schutz und er sieht dich dabei direkt an ich sage das jetzt einfach sagt er ich gebe es zu ich bin einsam das hat mich also das hat meine freundin so berührt sie hat ihm dann im messenger geschrieben dass sie das verstehen kann sie ist auch einsam obwohl sie verheiratet ist und kinder hat alles wichtige hat sie gute freunde einen interessanten job hobbys blabla aber sie ist trotzdem einsam ihr ganzes leben lang fühlt sie sich schon einsam spinnst du hab ich zu ihr gesagt das jemandem zu erzählen den du gar nicht kennst er hat ihr natürlich nicht geantwortet

September

ich habe lange nicht geschrieben undine

hast du auch gemerkt

wa

geht's dir gut

was machen deine gedanken die
überstunden dein kind deine texte

im sommer war ich mit meiner familie in
slowenien wandern da bin ich fast abgekratzt

ich hab an dich gedacht undine

ich bin gestürzt auf rollenden steinen hab
mich geweigert wanderschuhe anzuziehen
wenn meine frau mich nicht gehalten hätte
in der letzten sekunde

in slowenien gibt's seen die sind total türkis
und felsen überall du denkst du bist auf dem
mond hügel bewachsen von ballungen aus
bäumen lauter lockenschädelbergrücken in
einem unglaublich satten grün du glaubst
du bist im falschen film wie aus samtfalten
gelegt

undine ich schreibe dir jetzt einfach so lange
bis du mir wieder antwortest

undine

ich bleibe hier sitzen starre mein handy an
rauche trinke fresse kratze mir die eier und
warte auf deine antwort

warte wie ein bekloppter ein alien bis ich
endlich wieder dieses geräusch höre das ist
so seltsam dieses pulsieren was soll das
eigentlich bedeuten konnten die sich nichts
besseres einfallen lassen wie soll man das
beschreiben dieses geräusch das man hört
wenn jemand anderes einem gerade schreibt
und man starrt so die drei punkte an die
hin- und herwackeln als wären sie etwas
total geiles

ich warte auf dich undine

warte und warte

warte warte warte

warte und bleibe einfach da

undine

Oktober

Bist du noch da?

Albert?

Hallo?

Du hast es versprochen!

logisch

Hi!

hi undine ich bin’s albert

Ich weiß. Ich weiß überhaupt nicht, wer du bist.

was willst du wissen ich erzähl dir alles

Was siehst du, wenn du einschläfst, hast du manchmal Angst und vor was, magst du Bananenbrot?

dich ja nein

Vor was?

was?

Hast du Angst?

weites feld

Ein Beispiel?

ein andermal

Ok.

Bist du verheiratet?

ja

Ich so gut wie.

ja

Das wird auch so bleiben.

absolut

Ich arbeite in einem Kindergarten. Schon lange will ich ein Gedicht darüber schreiben, was mir die

Kinder erzählen, wenn wir uns wiedersehen am Morgen. Ich mag deine Nase (Kartoffelnase), du bist so warm und weich, dein Schoß ist ein Schiff, du hast einen Po wie meine Mama, das will ich schon ganz lange schreiben, aber ich schaffe es nicht.

ich mag das

Was?

was du schreibst

Das ist aber kein Gedicht.

wer sagt das

außerdem hast du mindestens schon eins geschrieben

Welches?

ich habe deine seite studiert baby der text mit dem licht laura und tobias dem du den po abgewischt hast

Hast du den Text angesehen oder das Bild?

beides

Immerhin bist du ehrlich ...

manchmal lüge ich auch

Was du nicht sagst.

neulich habe ich dich angelogen

Zum ersten Mal?

ich mag bananenbrot und nackt schlafen
gin und haut wie deine die aussieht als wäre
sie aus milchglas aber nur fast und mir fehlt
sex der geil ist weil du dabei etwas empfin-
dest hinter deinen rippen ein vogelgefühl so
ein vögelgefühl dass du dir wünschst du
würdest am nächsten morgen neben dem
menschen aufwachen das wünschst du dir
fast am meisten

Warum?

was

Fehlt dir Sex?

(mir auch)

siehst du

Ich war neulich bei einer jungen Frau zur Kosmetik. Da gehörte eine Gesichtsmassage dazu. Ok, Gesichtsmassage habe ich gedacht, noch nie gehabt, bitteschön, ein Gesamtpaket war das, der Gutschein von meinen Kolleginnen zu meinem Geburtstag. Die Frau war vielleicht Mitte 20, nicht älter, ungeschminkt, mit so einer typischen Karamellhaut. Kennst du die, mit diesem Glow von jungen Menschen, den kannst du mit nichts zurückholen, auch nicht mit Fillern.

mit alk? drogen?

Quatsch!

erzähl weiter

bitte

Unterbrich mich nicht mehr.

ok

An den Augen hatte die Frau sich drei winzige schwarze Punkte geschminkt, die führten in einem leichten Bogen bis zur Schläfe, wie ein Band aus minimalen Perlen sah das aus.

Hörst du mir noch zu?

logisch

Das mit den Perlen ist wichtig.

ja

Hörst du gerne zu?

kommt darauf an

Worauf?

wer was erzählt

Soll ich weiter erzählen?

warum fragst du

Die Frau hat mein Gesicht in ihre Hände genommen, kleine feste Hände hatte sie, eine Spur zu kühl am Anfang, sie hat die Hände auf mein Schlüsselbein gelegt, meine Schultern angefasst, meine Oberarme gedrückt. Zuerst habe ich noch gedacht, was hat das jetzt mit einer Gesichtsmassage zu tun, dann habe ich gar nichts mehr gedacht. Jede einzelne Berührung hat sie so ausgeführt, als hätte sie alle Zeit der Welt, unheimlich deutlich und präzise, voller Liebe. Wie kann man das machen, ich verstehe es nicht, mit jemandem, den man überhaupt nicht kennt? Dabei hat die Frau so geatmet, dass ich es gespürt habe, als wäre es mein eigenes Atmen. Noch nie in meinem ganzen Leben hat mich jemand so angefasst. Ich habe angefangen zu weinen, wie aus dem Nichts, ich konnte das nicht mehr stoppen, Rotz und Wasser habe ich geheult.

Das war peinlich.

Unangemessen.

Aber irgendwie auch schön.

Das hat mich so erleichtert.

Als ich bezahlt habe, konnte ich ihr nicht in die Augen sehen.

Jetzt bist du weg, oder?

Albert?

wo man auch hinsieht überall die gleiche scheiße arschkriecher unholde nichtdenker wahlbetrüger ich hasse den blinden konformismus der um sich schlägt uns alle schlägt er tot zermalmt die gehirne walzt über asphaltstraßen wie dieser süße brei im märchen nur was ist bei uns der brei sieht das keiner benutzt keiner seine grauen zellen worauf steuern wir zu bald sind wir alle total verstopft verklebt jede einzelne pore zugematscht von eitelkeit lügen manipulation überall nur blinder gehorsam selbstbeweihräucherung totale breihirnmumien sind wir wer checkt noch wer was verspricht zusagt anvisiert vorstellt in einer zeit leben wir in der zusagen nichts mehr gelten rein gar nichts mehr gelten sie weniger als nichts neulich hätte ich meiner tochter versprechen müssen dass alles wieder gut wird sie war so unendlich traurig aber ich konnte das nicht

hey hey hey wasislosalbert lass mal wieder
zusammen einen trinken gehen wird schon
— nein

und du bist der Einzige, der den Durchblick hat,
ja?!
— von Idioten umzingelt …
— kommt mir irgendwie bekannt vor
— heißt so nicht ein buch
— Film?

worauf beziehst du dich genau, Albert?
— Atomkraft glaub ich
kann ich mir nicht vorstellen
— aha

— wahrscheinlich die Energieprämie
— ich find die spitze
— ha! ich auch
— die nächsten Thai-Massagen sind
gesichert
— ekelhaft!!!
— haben die etwa schon überwiesen bei
euch

**ich finde diese ewige Politikerschelte ermüdend
und destruktiv**

**— ich finde diese bemerkung dumm
und blauäugig**
— ich finde Ihren Ton unangemessen
— und tschüss!
— austeilen können aber nicht einstecken
**— und nochmal tschüss wer noch
freiwillige vor ich komme gerade erst
in fahrt**

November

hey baby

ich will mit dir knutschen baby

schick mir ein bild ich will dich sehen ich will etwas von dir sehen ich will so viel mehr sehen von dir

baby

Undine hat einen Anruf von Albert verpasst.

Undine hat einen Anruf von Albert verpasst.

Undine hat einen Anruf von Albert verpasst.

Hast du einen Totalschaden? Baby? Was bombardierst du mich mit Dreck, lass mich in Ruhe! Wie kannst du es wagen, rufst mitten in der Nacht an, was meinst du, was mein Freund denkt? Bist du ein Psychopath?!

hey mach mal halblang

entschuldige

bitte

ich wollte dich nicht erschrecken

es tut mir leid

ich war besoffen

nein

war ich nicht

ich war klar

total klar

was ist so schlimm daran

bin ich dir nicht achtsam genug

Dezember

Nenn mich nie wieder Baby, das erstens, zweitens Achtsamkeit geht mir auch auf die Nerven, und drittens schicke ich dir jetzt ein Bild. Hier hast du es.

Undine hat Albert ein Bild gesendet.

gleich wieder gelöscht

Echt?

echt

Schick du mir auch eins.

ok

Albert hat Undine ein Bild gesendet.

Es ist unfassbar früh am Morgen, ich habe nur vier Stunden geschlafen, das Leben ist ein mieser Verräter, aber jedes Mal, wenn ich dein Bild ansehe, muss ich lachen. Ich liebe es! Bitte schreib mir nicht mehr. Dann ist das die letzte Nachricht, die ich von dir bekommen habe, und ich sehe sie immer, wenn ich deinen Account anklicke.

schicker schnubbes wa

Du sollst mir doch nicht mehr schreiben.

unfug

letzten fasching bin ich als kleinkrimineller
gegangen da konnte ich endlich mal wieder
so richtig pofeln ohne haue zu bekommen
von meinen töchtern

Pofeln?

rauchen

kennst du nicht

Nein, aber ich mag das Wort.

ich mag dich

Ich mag dich auch.

ich hab gerade geduscht soll ich dir ein bild
schicken

ja

Albert hat Undine eine Bild gesendet.

Die grüne Quietschente auf der Ablage ist toll.

die finde ich auch mega

Wie viele Kinder hast du?

fünf

Wow!

aber ich lebe nur mit zwei zusammen

Ich verstehe.

verstehst du nicht ist aber auch nicht wichtig
hier

Was ist denn wichtig hier?

als ich in der grundschule war ich war so
neun jahre alt wahrscheinlich sind wir mit
der schulklasse in ein museum gegangen ich
hatte eine klassenlehrerin mit einer voku-
hilafrisur und kittelschürzen kleidern kennst
du die noch am frühen morgen hat sie schon
nach zigarettenrauch gerochen und sie hat
uns einmal die woche einen kuchen gebacken
jede woche einen das war die gewissheit
meines lebens die alles zusammengehalten
hat eins wusste ich dass frau diekmann uns
am freitag einen selbstgebackenen kuchen
mit in die schule bringt das waren so richtig
geile teile aus den 80ern jamaicatorte mit
likör für kinder dafür würde man dich heute
vor ein tribunal stellen wir haben sie geliebt
auch den ich weiß nicht mehr wie der hieß
aber das war so ein kuchen mit mandeln
vom blech den hat sie ziemlich oft für uns
gebacken ich hab mir den reingestopft wie
nix

Blitzkuchen?

genau so hieß der

Den habe ich auch geliebt.

herz

?

ich verabscheue emojis jeglicher art alter
weißer mann weißt du noch aber das hätte
ein herz verdient

Was?

dass du weißt was ein blitzkuchen ist

Das ist wichtig!

sozusagen entscheidend

Mein erstes …

was

Herz

nein

Erzähl weiter.

frau diekmann hat ausflüge mit uns gemacht
so oft es ging unsere eltern waren pissed die
schule lag in einem bezirk in dem keiner geld
hatte aber sie hat das durchgezogen einmal
ist sie mit uns in diese ausstellung gegangen
expressionismus in der kunst so was muss
das gewesen sein theater kino und plakate
kamen vor die farben das monströse der
horrorstyle haben mich weggeblasen an ein
poster kann ich mich noch genau erinnern
das kabinett des dr. caligari da liegt so eine
art hingeflossene lichtgestalt auf dem boden
ophelia mit wogenden haaren und ein
vampirmann kniet über ihr ganz in schwarz
mit weit aufgerissenen gelben augen und
spinnenbeinwimpern dachte ich damals der
hintergrund war in irgendeiner starken farbe
gemalt gelb oder orange

Und dann?

nichts

Das war's?

ja

Ok.

Bist du noch da?

Nein …

Ok.

Gute Nacht!

Albert.

Jahr 11

Januar

Hast du dann angefangen zu malen?

Nach der Ausstellung?

So eine Lehrerin hätte ich auch gerne gehabt.

Du bist immer ganz doll da und dann plötzlich gar nicht mehr, Albert. Das ist schwierig für mich.

Heute ist der 1. Januar.

Gestern war der 31. Dezember.

Was macht das für einen Unterschied?

Mit den Wunderkerzen von meiner Tochter haben wir Sterne in die Nacht gemalt, Blumen, Herzen. Für dich hab ich den Vampirmann versucht, von dem du erzählt hast, aber ich habe versagt. Was ich sagen will, und du weißt das, ich habe an dich gedacht.

Ich finde es echt bescheuert, dass du dich einfach nicht mehr meldest, jetzt schon zum zweiten Mal.

Februar

ich hab dein gedicht gelesen

undine

doppelherz

trippelherz

unendlichherz

wie gesungen klingt das leicht und soft
nice

kann ich mir gut performt vorstellen

singst du mir was undine

ich hab angst vor bedeutungslosigkeit

und du

ich komme in deine stadt im märz triffst du
dich mit mir ich will mit dir über bilder
streiten knutschen flirten saufen geht das
bitte nur einmal

»während jene als ›verrückt‹ gelten die den verlust der menschlichen werte in der realen welt nicht mehr ertragen wird denen ›normalität‹ bescheinigt die sich von ihren menschlichen wurzeln getrennt haben. und diese sind es denen wir die macht anvertrauen und die wir über unser leben und unsere zukunft entscheiden lassen. wir glauben dass sie den richtigen zugang zur realität haben und mit ihr umgehen können. aber der ›realitätsbezug‹ eines menschen ist nicht der einzige maßstab, um seine geistige krankheit oder gesundheit festzustellen sondern man muss auch fragen inwieweit menschliche gefühle wie verzweiflung menschliche wahrnehmungen wie empathie und menschliches erleben wie begeisterung möglich oder eliminiert sind.« arno grün der wahnsinn der normalität. realismus als krankheit: eine theorie der menschlichen destruktivität

und was soll das jetzt heißen?

— ist doch total simpel, die Irren sind die Gesunden und die Gesunden sind die Irren

— zu kurz gegriffen

— bitte erklären!!!

wow albert du solltest unbedingt schreiben das ist unpackbar gut

— das ist von Arno Grün

aber albert hat es gepostet

— wie dumm kann man sein …

völlig überholt

— Inwiefern?

einfach mal ein bisschen nachlesen, sogar auf Wikipedia findet man dazu Brauchbares

— **Ich hätte aber gerne gewusst, was du mit deiner Bemerkung meinst.**

— **was bist du denn für eine hackfresse pöbelst meine freundin an nur weil sie eine berechtigte frage stellt ich toleriere hier nur höfliche menschen**

Hast du gehört, Undine, du bist seine Freundin, haha

und dann noch nicht mal richtig abschreiben können, geschweige denn die Zeichensetzung beherrschen

die Verklärung von psychischer Krankheit als besonderer auch empfindsamer Qualität kann nur von einem kommen, der nie selbst ernsthafte psychische Probleme gehabt hat

ich wünsche nicht mal meinem ärgsten Feind Depressionen, und das ist keine Floskel, ich wäre tausendmal lieber gefühlsarm und zufrieden als empathisch und verzweifelt

— word!

ich leide seit mehr als 20 Jahren an Angst-Panik-Attacken mit dissoziativem Verhalten Herzrasen stundenlang Hyperventilation Schweißausbrüche unkontrolliertes Zucken das volle Programm nichts hilft mir ich verlasse das Haus nur noch um zur Arbeit zu gehen und auch das ist eine Qual mein Arbeitgeber hat zum Glück Verständnis ansonsten arbeite ich wie ein Tier um meine Ausfälle wieder wettzumachen die Attacken sind furchtbar unerträglich ein einziger Horror das kann sich keiner vorstellen der es nicht erlebt hat wenn du mir währenddessen eine Pille anbieten würdest die die Attacke stoppen würde aber es wäre dann

eben auch klar dass ich sterbe mir scheißegal
lieber sterben als das zu ertragen ich sag's euch
wie oft hab ich die Ärzte schon angefleht gebt mir
eine Pille lasst mich sterben bitte ich kann nicht
mehr ich kann einfach nicht mehr ehrlich gesagt
will ich auch nur noch von Betroffenen selbst
lesen die darüber sprechen und schreiben alle
anderen sollen einfach mal die Klappe halten das
macht mich echt aggressiv

— vielleicht doch Medikamente probieren?
Ignorant!

Wann?

was wann

Wann kommst du?

am 17.

Wie lange?

drei tage aber ich muss arbeiten hab nicht viel zeit

Ok.

ok?

Wir können uns sehen.

my lady!!!

20 Uhr Pure Food and Wine

in solche edelschuppen geh ich nicht

Dann schlag selbst etwas vor.

wirst du jetzt immer zickig sein

Ich bin nicht zickig.

Ich bin verletzt.

warum

Hier habe ich einen Knickkaktus für dich. Er sieht aus wie ein Babypenis, finde ich. Den habe ich heute an der Bushaltestelle fotografiert, an der ich sage und schreibe eine halbe Stunde auf den Bus warten musste. Irgendjemand hatte ihn dort einfach abgestellt.

korrekt

Was?

sieht aus wie ein babypenis

Ja.

In zwei Tagen sehen wir uns.

korrekt

Wirst du jetzt immer zickig sein?

bist du schon im bett

Ja. Und du?

auch

was trägst du

einen Jutesack

sexy

Und du?

nichts

Echt?

ja

Ich auch nicht.

siehst du

ich hab lust auf dich undine

Ich hab auch Lust auf dich, Albert.

ich will dich vögeln ich will dich hören riechen schmecken lecken deine haut deine brüste deinen arsch deine fotze bist du laut beim ficken oder leise ich will alles wissen erleben wie magst du küssen was machst du wenn ich deine ohrmuschel lecke oder deine großen zehen ich will dich aufspießen mit meinem schwanz ich will dass du ihn reitest dass du mich reitest ich will ganz tief in dir sein und du in mir ich will alles ausgeschlossene nur einmal noch will ich bis an den rand der sehnsucht gehen und nicht standhalten

Heute vor zwei Jahren hat sich meine älteste Freundin umgebracht.

Sie hieß Maya.

wow

killer

Ich kann einfach nicht aufhören, daran zu denken. Nur wenige Tage davor haben wir uns noch gesehen. Ich habe das nicht kommen sehen, überhaupt nicht habe ich das kommen sehen, wer sieht so etwas kommen? Ich nicht, obwohl ich sie in- und auswendig kannte, das sagt man immer, und nichts ist falscher. Seit der ersten Klasse Grundschule kannte ich sie, da hatte sie noch raspelkurze Haare, und ich dachte, sie wäre ein Junge. Maya war so schnell, so wach, quicklebendig. Wenn sie gekonnt hätte, hätte sie gelebt, hat ihr Vater auf der Beerdigung gesagt. Ich trug einen roten Mantel, die anderen waren alle in Schwarz und Dunkelblau da, nie in ihrem Leben hätte sie das gewollt. Angestarrt haben sie mich, als wäre ich eine Verbrecherin.

Bei Schnittchen mit Lachs sollten wir erzählen, was wir von ihr erinnerten. Maya hat Fisch verabscheut, hätte man das nicht berücksichtigen können, bei ihrer Beerdigung, wenigstens das? Jede Art von Fisch war ihr zuwider. Wie liebenswürdig sie war, haben sie erzählt, vielfältig begabt, aber vielleicht ist es auch besser so, wer weiß, was sonst aus ihr geworden wäre, weiterlebend, haben sie gesagt. Ich bin so schnell wie möglich gegangen.

Albert?

schon wieder ...

Ich erzähl dir was, was mir etwas bedeutet, und du verschwindest sang- und klanglos von der Bildfläche, weißt du, wie arschlochmäßig ich das finde! Überhaupt hasse ich die Kommunikation auf dieser Plattform, das ist alles so unverbindlich und belanglos. Ich habe keine Lust mehr darauf! Ich bin da jetzt raus, Albert. Ich bin einfach raus, dieses Mal endgültig, darauf kannst du Gift nehmen.

Mai

Du bist nicht gekommen, Albert!

DU bist nicht gekommen.

Zu unserer Verabredung.

Einfach nicht gekommen.

Ich habe auf dich gewartet, Albert.

Zwei Stunden lang habe ich auf dich gewartet.

Erst vor der Bar, dann, als mir zu kalt wurde, drinnen.

Ok, ich war zu spät, zehn Minuten war ich zu spät. Aber das kann es nicht gewesen sein! Ich meine, wer schreibt sich über ein Jahr lang alles Mögliche und erscheint dann nicht zu der Verabredung, zu der einen, der einzigen Möglichkeit, sich endlich einmal persönlich zu begegnen. Wenigstens einmal. Das ist echt abgefuckt, Albert!

»Abgefuckt« würdest du sagen, denn du liebst diese Sprache. Ich nicht, die ganzen Anglizismen, die du verwendest, nerven mich, kannst du nicht Deutsch sprechen, dein ständiges ›nice‹, was soll das heißen? Das ist superschwammig, was meinst du damit, schön, nett, toll, gut, beeindruckend, bezaubernd, wunderbar, fantastisch ...

Hast du mich etwa blockiert?

Albert?

Ernsthaft?

???!!!

Meine Nachrichten kommen
nicht mehr bei dir an.

Wow.

das ist so

unglaublich

verletzend

einfach weg

bist du

komplett

verschwunden

aus meinem Leben

so fühlt sich das also an

dieses Ghosten

das nennt man doch so

oder?

Juni

Oder bist du krank?

Sterbenskrank?

Hast du Probleme, Albert?

Ist etwas passiert?

Bist du vielleicht tot?

Albert!

Manchmal wünschte ich, du wärst tot.

Oktober

undine

November

undine

undine

undine

undine

undine

undine

bitte

entschuldige

entschuldige!!!

bitte

ich denke an dich

ich denke die ganze zeit an dich

Dezember

undine

ich mag deinen namen

wirst du mir nie wieder antworten

es tut mir leid wie oft soll ich das noch schreiben

ok ich hab dich blockiert das hatte gründe du musst das nicht auf dich beziehen ich hatte ärger gewaltigen ärger aber das ist jetzt vorbei

ich musste dich blockieren das war notwendig kannst du das nicht verstehen

mann undine ein halbes jahr ist seitdem vergangen

wie kann man so nachtragend sein

es ist strange ich habe einfach das gefühl ich will frieden mit dir ich wünsche mir dass wir freunde sind oder wenigstens bekannte ich will deine texte lesen ich will von dir hören ich will sicher sein dass es dir gut geht

bitte

undine

Jahr III

undine wie war dein jahreswechsel bist du narzisstisch veranlagt ich ja und neurotisch dazu künstler eben meiner war schön und auch ein bisschen bescheuert das sagt meine eine tochter der nur mit einem auge gut sehen kann trotzdem fährt sie so skateboard dass es aussieht als würde sie tanzen kaum etwas liebe ich mehr als meine tochter tanzen zu sehen mit dem skateboard

wir waren in schottland und es hat so viel geregnet dass ich schwimmhäute bekommen habe zwischen meinen zehen fingern und schulterblättern wie flügel sehen die aus passend zu meiner persönlichkeit hier das beweisbild

Albert hat Undine ein Bild gesendet

ich fand katri übrigens nur gut bis sie heiratet dann wird es unerträglich

Du hast nicht »Kleine standhafte Katri« gelesen!

doch

niemals

wenn ich es dir sage

hallo undine!

sweet undine

endlich

ich hab so lange auf dich gewartet

Hi

wie geht es dir?

Meine Großmutter hat mir das Buch viermal vorgelesen, und dann war sie tot.

das tut mir leid

Warum?

was warum undine?

Warum hast du mich blockiert? Mich hängen lassen? Warum warst du so wütend auf mich?

das hatte nichts mit dir zu tun das hab ich schon xmal gesagt

Warum kannst du nicht verstehen, dass das noch schlimmer ist.

Februar

können wir bitte einfach da weiter machen wo wir aufgehört haben

undine

Wo?

was

Wo haben wir aufgehört?

Es tut mir leid, dass du traurig bist, Albert!

wie kommst du darauf

Dein Posting von heute ...

seit wann sind postings wirklich

Alle Lügen sind wahr. Weißt du nicht mehr?

Ich glaube, du bist wirklich traurig.

flirte mit mir das kann ich gut gebrauchen

in your dreams

exakt baby

Ich denke nicht daran.

siehst du jetzt muss ich lachen danke

gern geschehen

Dinge, die ich auf meinem Handy finde, solche Suchanfragen meiner Tochter, die mir das Herz zerspringen lassen. Lucia kann noch nicht schreiben, aber sprechen kann sie, und ja, meine Tochter spricht mit Siri, als wäre sie ein Mensch, dabei ist sie klarerweise eine Fee, und das begründet Lucia genau.

Siri trägt einen spitz zulaufenden Hut auf dem Kopf mit Schleier, der allerdings nicht rosa ist, wer das behauptet, lügt, sondern der Schleier ist grün wie die Maiglöckchenblätter in unserem Garten, außerdem funkelt er.

Lucia spricht sehr höflich mit Siri, sie sagt »bitte« und »danke« und »liebe Siri«, liebe Siri, sagt meine Tochter, zeig mir mal Bilder von Wildkatzen, bitte, aber von richtig wilden. Und ich möchte auch ein Bild vom Christkind sehen, ist das ein Mann oder eine Frau. Das will ich endlich wissen, weißt du das, Siri?

sweet!!!

boah deine Tochter ist so schlau
— der Apfel fällt nicht weit vom Stand
— Stand?

Warum glaubt das Kind noch an das Christkind?
— Ich finde es auch schrecklich, Kinder so zu belügen, ich dachte, darüber wären wir hinaus
— wer ist »wir«?

mein sohn hat immer heimlich videos von sich gemacht mit meinem handy die habe ich dann unverhofft gefunden beim einkaufen in der u-bahn auf dem klo in denen hat er quatsch gemacht grimassen gezogen getanzt witze erzählt was habe ich diese kleinen filme geliebt einmal da war er schon nicht mehr der alte hat er einfach nur in die kamera geguckt das war dann deutlich später und das letzte video das er mit meinem handy gedreht hat er hat da einfach nur in die kamera gekuckt mit geröteten augen und gesagt mama ich hab's echt versucht aber ich schaffe es einfach nicht entschuldigung

— ich weiß nicht, was los ist, aber ich schicke dir einfach mal unbekannterweise eine Umarmung
— was denn?
— was was?
— Was hat er nicht geschafft?
— Schule?
— weniger kiffen?
— no alcohol!

gib Lucia einen Kuss von mir, ja, ich freu mich schon, euch bald wiederzusehen

— mach ich

früher haben die Kinder Briefe geschrieben ...

— ja, traurig
— so jung schon an den Geräten hängend

ich liebe diese seltsamen Spuren im Netz, aber sie machen mir gleichzeitig auch Angst, geht euch das ähnlich?

— nee wieso
— jo

ein guter freund von mir ist vor ein paar jahren gestorben aber sein profil auf linkedIn gibt es immer noch mit dem bin ich verbunden keiner löscht das das finde ich furchtbar jedes mal bekomme ich einen schrecken wenn ich das sehe seinen namen das profilbild als ob er nie gestorben wäre

— Sehnsucht!

März

Ich schreibe hier niemandem mehr Näheres, wenn ich ihm oder ihr nicht wenigstens einmal persönlich begegnet bin im wirklichen Leben.

näheres

ja

du meinst sexting

unter anderem

was noch

meine Seele aus dem Körper

oh lass mich in deine seele sehen

babe

Ironie ist nicht selten auch ein Ausdruck von Unsicherheit.

das kannst du besser undine

April

Erzähl mir eine Geschichte, das kann ich gut gebrauchen.

thema

du

kreuzen sie an: soll sie lustig, spannend, traurig oder verdorben sein?

tragikomisch, bitte

dafür brauche ich ein bisschen zeit

kein Problem

Ich kann warten.

nur auf mich!

Wo denkst du hin?

überallhin denke ich mich undine direkt in deine pupillen deine ohrläppchen mh die sind so weich und saftig lecker in deine nasenlöcher denke ich mich auch so eine form habe ich noch nie gesehen rautenförmig sind sie

Hast du Schlafprobleme, Albert?

so was kommt sonst von mir

Siehst du?!

Was ist jetzt mit deiner Geschichte?

Albert?

Mai

Soll ich auf »verdorben« umswitchen, wäre es dann einfacher?

du hast gesagt du kannst warten

Aber nicht ewig und drei Tage.

davon kann keine rede sein

Wovon ist denn die Rede, hier? Albert?

warte noch ein bisschen

wart

wart

wart

verdrehdieaugen

Meine Tochter heißt Lucia, habe ich das schon erzählt? Den Namen hat ihr Vater für sie ausgesucht. Genau in dem Moment, in dem ich nach der Geburt völlig erschlagen mit dem kleinen gewichtigen Körper auf meinem Bauch im Krankenhausbett liege, sagt er zu mir, ich mag den Namen nicht. Dabei hatten wir uns seit Monaten auf Elisabeth geeinigt, seit vielen Monaten, die Idee kam sogar ursprünglich von ihm. Natürlich bin ich in dem Moment weichgekocht und sage zu allem Ja und Amen. Deswegen heißt meine Tochter jetzt auf immer Lucia.

Auf Lucias Nasenrücken, der überraschend lang ist für ihr Alter und ihre Größe, hoffentlich bekommt sie nicht meinen Klumpen, denke ich manchmal, hat sie seit neustem exakt sechs Sommersprossen. Ich habe sie gezählt, immer wieder zähle ich Lucias Sommersprossen, möglichst unauffällig, denn sie mag es nicht, wenn ich sie ansehe, als wäre sie etwas Wertvolles.

Lucias Sommersprossen sind so ungefähr das Niedlichste, was ich je gesehen habe, in meinem

Leben. Dahin gestreut erinnern sie mich an den großen Wagen oder an den kleinen Bären, wie die Sternbilder alle heißen, vergesse ich immer, aber auf jeden Fall erinnern mich Lucias Sommersprossen an eine Ansammlung von selbstleuchtenden Himmelskörpern, was die Definition von Sternen ist. Wusstest du das, Albert? Im Grunde kenne ich mich mit ihnen nicht aus, aber weißt du, Albert, und das erzähle ich jetzt nur dir, wirklich dir, denn ich meine ausschließlich dich in diesem Moment, was ich auch daran erkenne, dass mein linkes Augenlid zuckt. Weißt du, Albert, ich habe die Sommersprossen meiner Tochter nicht bemerkt, noch nicht mal den Hauch eines Entstehens habe ich beobachtet. Wie kann das sein, frage ich mich seitdem, ein paar Nächte konnte ich nicht schlafen, was vermutlich hysterisch klingt – allerdings sagt man heutzutage histrionisch, hat mir neulich ein Klugscheißer ins Gesicht gerammt – sehe ich meine Tochter nicht genau genug an? Solche Sommersprossen kommen nicht von einem Augenblick auf den anderen, das gibt es nicht! War ich unaufmerksam, einen Augenblick lang nur unaufmerksam, obwohl ich weiß, dass das nicht erlaubt ist, Unaufmerksamkeit ist nicht erlaubt und auch keine Ungenauigkeit.

Seitdem Maya tot ist, weiß ich das, spätestens, auf keinen Fall darf man sich irgendeine Ungenauigkeit erlauben. Und dennoch sind wir alle immer und ständig so ungenau, unscharf, unheimlich unpräzise, auch ich bin das, das weiß ich genau.

leidest du seit neustem an logorrhö undine

Arsch!

come on

spaß

ich hab spaß gemacht

lucia als name ist nicht schlimm und sommersprossen sind groß vor allem deine ich hab keine das reimt sich neulich hab ich ein bild im netz gesehen von einem typen der sitzt am geländer von einer touristenbrücke ähnlich wie die karlsbrücke in prag

der typ qualmt vor ihm steht ein klapptisch alles sieht ziemlich abgefuckt aus aber er sieht total zufrieden aus hinter dem klapptisch

klapptisch ist ein großartiges wort magst du das auch

an dem klapptisch hängt ein schild aus pappe auf dem steht »poet for hire poems stories suicide notes and more pay what you goddam want« suicide notes finde ich besonders geil und weißt du undine das mach ich auch ich setz mich auf eine brücke pofele vor mich hin und verkaufe ab und zu eine zeichnung oder ein bild für einen apfel und ein ei

ok du zickst weiter mir egal hier kommt meine geschichte

in einem meiner leben was scheiße klingt habe ich wasserwissenschaft studiert

einmal hieß es wir machen eine studienreise in die ukraine fantastisch zwei wochen spaß und dafür einen schein

natürlich wollten alle mitfahren der dozent hat vier stunden lang wortlos mit uns in einem seminarraum gehockt bis wir nur

noch 20 teilnehmer waren und wer braucht
den schein noch nicht hat er immer wieder
gefragt guter mann bis sich wieder ein paar
verdrückt hatten matze und ich nicht wir
sind bis zum ende geblieben mein bluts-
bruder und ich seit der ersten klasse and
thats for real

mit dem schiff sind wir über die donau
getuckert wir waren eine gute truppe nur
zwei frauen glaube ich auf die waren alle
scharf so schmalbrüstige akademikerinnen
sie hatten beide pinke puschen aus voll
plastik in der form von katzen köpfen dabei
das weiß ich noch genau einmal hab ich die
angezogen und mich fast totgeschwitzt

matze und ich wollten kiffen saufen gitarre
spielen so jungmännerkram halt wasser-
analysen waren uns egal einmal haben wir
bier als probe genommen ein anderes mal
ins reagenzglas gepisst

als wir in odessa ankamen hat es wahnsinnig
gestunken das rieche ich noch heute irgend-
ein brand in einer fabrik schwarze monster-
wolken am hafen nicht einen halben meter
weit konnte man sehen wir waren komplett
besoffen vom alkohol wasser der unfassbaren
weite auf die dauer ist die schädlich für den
kopf da bin ich mir sicher das hälst du im
gehirn nicht aus ohne pause die totale welt
vor dir ohne grenzen

matze und ich haben am abend gesagt lets
party wir schlagen uns durch die altstadt
sprechen alle möglichen leute an disco disco
bis irgendwann ein typ mit augenbrauen wie
autobahnen sagt ok wir steigen ein in eine
limousine jede sekunde bricht mir der boden

unter den füßen weg denke ich so eine schrottkiste ist das und matze ist wahnsinnig gut drauf hat der schon was genommen

wir fahren immer weiter raus aus der stadt die gegend wird dunkler stiller spooky wir machen uns keine gedanken diese gabe zu vertrauen weißt du noch diese gabe der jugend matze gröhlt irgendwann knallt uns eine riesige leuchtreklame ins gesicht disco of the world geiler name das war ein riesiges teil tausend leute hoch- und runter fahrbare bühnen tanzende girls wackelnde ärsche ein paradies wir tanzen schwitzen saufen knutschen uns ins koma matze verliere ich aus den augen wir haben die nacht unseres lebens

später wache ich auf dumpfer kopf aus marmor so schnell wie möglich muss ich zurück zum schiff als ich ankomme stehen alle schon zum landausflug bereit außer matze unser dozent kocht wenn der nicht in zehn minuten da ist

erst abends als wir vom ausflug zurückkommen ist mein blutsbruder wieder da was war los die haben ihn ausgeraubt den ganzen weg musste er nach hause gehen drei stunden lang wir haben alle kaum kohle legen aber trotzdem zusammen für ihn ein ukrainischer professor und seine kollegen kochen borscht für uns zwiebeln halbieren zack rein köpfe ab von ganzen fischen fische rein weißkohl vierteln zack rein alles mit einer art hackbeil zerhauen ein riesenkochtopf hängt über dem feuer massen von wodka vor meinen augen dreht sich das weltenkarussell in flammen hast du das schon mal gesehen ich öfter als mir lieb ist

ich schwanke zur reling mir ist jetzt kotzübel
matze stellt sich neben mich er hat ein
geschwollenes auge sehe ich wie durch eine
lupe hindurch in dem moment küsst er mich
direkt auf den mund wie ein aal wühlt seine
zunge in meinem mund herum ich breche
jetzt wirklich der wind weht uns die säuer-
lichen brocken ins gesicht

Wirklich?

was

An der Stelle brichst du ab?

cliffhanger

Ich hasse Cliffhanger!

Wie geht es weiter, Albert?!

Das kannst du nicht bringen! Das ist unfair.

Wie war es am nächsten Morgen? Seid ihr noch Freunde? Habt ihr später darüber gesprochen? War nur die Kotze widerlich oder auch der Kuss?

Juni

Ich komme im Juli in deine Stadt, und ich will dich treffen, diesmal wirklich, sonst schreibe ich dir kein Wort mehr.

Ich will auch endlich mal deine Stimme hören.

Weißt du, wie lange wir uns hier schon schreiben?

Das ist jetzt das dritte Jahr. Kannst du mir bitte eine Sprachnachricht schicken, Albert?

ich möchte heißt das

Ich will aber!

Albert hat Undine eine Sprachnachricht gesendet.

guten morgen kleine kämpferin ich wünsche dir einen hellen tag

Hey, danke, Albert!

Ich mag deine Stimme.

ich auch

Willst du wissen, wie meine klingt?

nein

Charmant!

Warum nicht?

Warum nicht, Albert?

Albert?

Ich warte jetzt schon drei Tage, vier Stunden, 17 Minuten und 5 Sekunden auf deine Antwort.

das ist frei erfunden

ja

an uns führt kein weg vorbei undine in realiter also lassen wir das wir lassen es bleiben das ist das beste du weißt das genauso gut wie ich

»Als einvernehmlich gilt Sex nur dann, wenn alle beteiligten Personen aktiv sämtlichen sexuellen Handlungen (also nicht nur penetrativem Sex, sondern auch Küssen, Vorspiel, etc.) zugestimmt haben. Die Zustimmung zum Sex kann von allen Beteiligten jederzeit widerrufen werden, auch wenn die Person vorher zugestimmt hat. Druck ausüben und Grenzen überschreiten ist Tabu. Wer unter sehr starkem Alkohol- oder Drogeneinfluss steht, kann grundsätzlich nicht zustimmen.«

so what …

ich wünschte, das wäre bei uns früher auch so klar gewesen
— was meinst du damit?
Willst du etwa behaupten, dass dich noch nie ein Typ angefasst, geküsst, geleckt, betatscht, penetriert hat, obwohl du das nicht wolltest?
— nein natürlich nicht
siehst du
— und solche Festschreibungen verhindern das?
sie sensibilisieren zumindest
— die Hoffnung stirbt zuletzt
zum Glück!
— penetriert …

nicht nur von Typen
— wie bitte?
nicht nur Männer missbrauchen
— als ob das vergleichbar wäre

und ob! kennen Sie die Dunkelziffer der Mütter die an den Pimmeln ihrer Söhne rumspielen

— pervers

— true

war ja klar, dass die Männer sich das jetzt auch noch aneignen und zu ihrer Sache machen, dabei geht es hier mal ausnahmsweise nicht primär um sie

man kann diese Thematik aber nicht nur von einer Seite aus behandeln it's complicated

— nein

nahezu nichts ist demütigender als allein aufgrund seiner körperlichen Unterlegenheit missbraucht zu werden

— das kennen männer auch

nicht in der Form

— doch

Sie diskutieren nicht, Sie wollen nur Recht behalten.

— das sagt die richtige

jetzt hört doch mal auf mit dem Scheiß was ist denn los mit euch

— was sich liebt, das neckt sich

— haha die doch nicht

und dann knutscht man so rum alles easy alles geil sie hat dich voll angemacht und du bist drauf eingestiegen du kannst es in ihren augen sehen wie spitz sie ist du spürst es mit allem was du hast aber vorsicht verlass dich nicht auf das gefühl verlass dich nie auf dein gefühl bevor du ihre titten packst frag lieber nach bevor du zwischen ihre beine greifst frag nach ob das ok ist für sie willst du das auch süße ja bist du fine damit uuuhhhh das ist so megasexy ich werde sofort steif wenn ich mir das vorstelle ich finde es in der Tat megasexy, wenn sich mein Gegenüber dafür interessiert, wahrhaftig dafür interessiert, was ich will und was nicht

— ich auch!
— ich auch
— so do I
— ich ebenso
— hier, ich auch
— me too
— same here
— ich überhaupt nicht

ich will deine stimme hören undine

schick mir eine sprachnachricht

bitte

bitte

bitte

Nein.

Bitte

Lass mich, Albert.

bitte

Du hast gesagt, wir lassen es bleiben.

mir egal

bitte undine

ich schenk dir auch ein bild von mir

Ich lasse mich nicht bestechen.

warum nicht ist doch geil

ich hab das nur für dich gemalt

von dir

Das glaube ich dir nicht.

hier

Undine hat Albert eine Sprachnachricht gesendet.

Das ist kein Bild von mir, Albert, nichts hat es mit mir zu tun. Verarschst du mich? Ich halte deiner andauernden Ironie nicht mehr stand. Es ist 7.43 Uhr am Morgen, gerade habe ich Lucia in den Kindergarten gebracht und bin zu dem Eisladen gegangen, der nur ein paar Meter weit entfernt ist. »Eiszapfsäule« heißt der. Was für ein seltsamer Name, ich meine, wie kommt man auf die Idee, seinen Eisladen »Eiszapfsäule« zu nennen, das finde ich bescheuert. Und großartig gleichzeitig. Ich kaufe mir da immer eine Kugel Sorbet, heute schwarze Johannesbeere in der Waffel, obwohl ich die nie esse.

Mein Mann sagt, warum bestellst du nicht einen Becher, warum eine Waffel, wenn du sie wegwirfst, jedes Mal, das ist Verschwendung. Das stimmt auch. Aber ich liebe Waffeln einfach, nur in meiner Vorstellung liebe ich Waffeln, sie sind ein Versprechen für mich, kannst du das verstehen, Albert? Jetzt stehe ich in einer gefakten Halbsonne, die nicht wärmt, warum ist es so scheißkalt im Juli, eine Unverschämtheit, das Eis ist lecker, aber viel zu kalt, und ohne Lucia Eis zu essen, ist sowieso Zeitverschwendung, ich weiß nicht mehr, wie ich auf die Idee gekommen bin.

i love your voice

lass uns eis zusammen schlecken

undine

Albert hat Undine eine Sprachnachricht gesendet.

i wanna see you

i wanna touch you

i wanna fuck you

undine

i wanna fuck you hard

ich hab seit wochen eine komplette sperre ich kann nicht mehr malen das ist die wahrheit das ist meine einzige wahrheit mein körper ist wie erstarrt seit langer zeit ohne eine bewegung stehe ich vor meinen bildern in einem zu großen atelier

das ist alles so lachhaft wozu habe ich überhaupt eins und dann auch noch so ein riesiges 120 quadratmeter die kann ich mir schon lange nicht mehr leisten kündigen schaffe ich aber auch nicht wie soll ich das wem erklären eine memme bin ich ein säugling warum wird man verdammtnochmal nicht gefragt ob man auf die welt kommen will ich finde das eine komplett verschissene einrichtung man müsste einfach vorher gefragt werden sehr geehrter herr licht und wie sieht es bei ihnen aus haben sie lust auf die welt zu kommen oder nicht überlegen sie sich das gut bevor sie sich entscheiden und lassen sie sich ruhig zeit denn es hat keine eile

sorry undine dass ich hier so vor mich hinlabere ich bin total besoffen ich gebe es zu ich gebe mir die kante wie ein räudiger köter bin ich in eine ecke gekrochen von meinem atelier auf allen vieren damit meine bilder mich endlich nicht mehr anstarren lauter fremde tiere sind

das wild und reißend ich fürchte mich vor ihnen
undine ich hab solche angst alles verschwimmt
vor meinen augen wenn ich vor den bildern
stehe schwitze ich jedesmal wie ein schwein
i am a complete stranger to myself und ich weiß
nicht mehr wozu ich meine hände gebrauchen
soll das ist die hölle

lass uns treffen undine

lass uns vögeln

lass uns die gehirne aus den körpern vögeln

das will ich mit dir undine

das ist das einzige

was ich noch will

Liebster Albert, es tut mir so leid, dass es dir schlecht geht!

Ich hatte keine Ahnung ...

Ich würde dir so gerne helfen, aber ich weiß nicht, wie.

Sagst du mir, wie?

Kann ich etwas für dich tun?

Albert?

Sag es mir.

Bitte.

Ich bin da.

Ich bin für dich da.

Ich bleibe hier.

Bei dir.

Das verspreche ich dir.

> wann kommst du kommst du wirklich und wie lange ich nehme mir zeit für dich meine familie ist verreist und ich bleibe allein in der stadt zum arbeiten haha

Wie geht es dir, Albert?

> beantworte meine frage undine

Ich mache mir Sorgen um dich!

> hör auf mit dem scheiß

> wann sehen wir uns

Ich weiß nicht, ob das eine gute Idee ist.

> was ist los mit dir

Wenn du so instabil bist …

> undine hör gut zu ich hab keine lust auf deine küchenpsychologiekacke die kannst du dir sonst wohin stecken mir geht es gut und alles andere geht dich nichts an neulich war ich schlicht und einfach besoffen hab scheiß erzählt so was kommt vor halten wir einfach den ball flach undine schreib mir deine daten und ende

oder lass es bleiben

fick dich undine

Ok.

Lass uns treffen.

Hast du eine Idee, wo?

Ich wünsche mir aber etwas.

was

Nachdem wir uns getroffen haben, nachdem wir uns begegnet sind, schreiben wir beide auf, wie es für uns war. Und wir schicken uns die Texte zu, in der selben Sekunde.

?

Ja.

wozu

machst du ein buch aus uns

Einfach so.

Weil ich es mir wünsche.

reicht auch ein wort

Nein.

reicht es war geil

Nein.

es gibt demnach klare vorgaben

Mindestens eine DIN A4-Seite, Schriftgröße 12, Courier new, 1,5 Zeilenabstand.

du hast sie nicht mehr alle

aber du ...

ok

Ok.

Albert.

Ich habe Angst.

Ich weiß nicht, ob ich das schaffe.

Ich weiß nicht, ob ich es schaffe, zu unserem Treffen zu kommen.

Du hast mich schon einmal sitzen lassen, noch einmal verkrafte ich das nicht. Dieses Gefühl, als du mich plötzlich blockiert hast, und ich nicht mehr zu dir durchgedrungen bin, keine einzige Nachricht, obwohl wir uns vorher so viel geschrieben hatten ... Das war furchtbar! Der Boden rutscht mir unter meinen Füßen weg, so hat sich das angefühlt, ich falle und falle, aber das ist kein gutes Fallen, das ist ein, ich weiß auch nicht, was, und warum das so heftig war, im Grunde kannst du mir komplett gleichgültig sein. Wir kennen uns nicht, und was bedeutest du für mein Leben oder ich für deins? Nichts. Ich bin im falschen Film, habe ich gedacht, alles habe ich mir nur vorgestellt, eingebildet, geträumt habe ich, halluziniert. Ich werde wahnsinnig, ich drehe durch, dich gibt es gar nicht, nicht in der Wirklichkeit, nie hat es dich gegeben.

Albert hat Undine ein Bild gesendet.

sieh hin undine das bin ich total real mit
fleisch und blut einer ansatzwampe aber
auch ein paar muckies bartstoppeln augen-
ringen das hemd mit den hirschkäfern hab
ich extra für dich angezogen das magst du
glaube ich smoking hot sag undine sogar
einen schnubbes habe ich mir stehen lassen
für dich und ich rauche auf dem bild alles
nur damit du lachst lachst du jetzt

Unter dem Begriff »Ghosting« versteht man in einer zwischenmenschlichen Beziehung einen voll ständigen Kontakt- und Kommunikationsabbruch ohne Ankündigung. Obwohl vorher Dates statt gefunden haben oder eine Beziehung bestand, laufen plötzlich jegliche Kontakt versuche ins Leere.

undine

Geghostete werden in ihrem Selbstbewusstsein erschüttert und entwickeln Zweifel an ihrer eigenen Wahrnehmung (vgl. auch Gaslighting).

mir schläft mein gesicht ein

tu was

küss mich

Für Abbrecher ist Ghosting bequemer als eine emotional anstrengende Konfrontation. In vielen Punkten überschneidet sich das Verhalten von Kontaktabbrechern mit dem Verhalten von Narzissten.

mir reichts gleich

Die Psychotherapeutin A. H. macht Online-Partnerbörsen und Dating-Apps für das Ghosting mit verantwortlich: »Sie implizieren eine Unverbindlichkeit und Beliebigkeit, weil dem Nutzer ja noch viele andere Möglichkeiten offenstehen. Mindestens mit einer SMS sollte man erklären, dass man nicht mehr dieselben Gefühle hat.«

sms an undine

ich habe nicht mehr dieselben gefühle

ALBERT

immer wenn ich nachts nach hause komme von
einer reise sehe ich als erstes den mond wie er am
himmel hängt einen riesigen elfenbeinfarbenen
lampion sehe ich bevor ich mein haus erblicke
er leuchtet mir den weg so unfassbar hell und
groß ungelogen in etwa so groß und hell wie der
mond den ein typ in den kofferraum von seiner
ente packt in einem kinderfilm den habe ich als
junge geliebt zuerst kriegt er ihn nicht rein er
muss stopfen schieben ächzen ich habe jedes mal
angefangen zu lachen wenn ich das gesehen habe
und gleichzeitig habe ich angefangen zu zittern
ich hatte auch mal eine freundin die hat geträumt
dass der mond auf die erde kommt wie ein
riesiges trampolin leuchtet und zittert der mond
der länge nach aufgespannt auf einem marktplatz
alle klettern auf ihn und springen in den himmel
mitten in der nacht das war der irrste traum den
sie jemals gehabt hat meine freundin hat ihn
immer mit feueraugen erzählt die habe ich ange-
betet heute morgen habe ich daran gedacht dass
ich sehnsucht nach meiner freundin habe die mir
den mondtraum erzählt

sooo schön

wunderbare Text voller Gefühl
— ja!

ich wusste schon immer, dass in dir ein Poet
steckt, Albi

toll geschrieben, ganz groß, erinnert mich irgendwie an Kafka

— lustig wollte ich auch schon schreiben
— Kafka? Ernsthaft?
— keiner von denen hier hat jemals Kafka gelesen abgesehen von irgendwelchen sprüchen auf kaffeetassen
— bitte nicht so überheblich

ganz schön groß ein mond der in den kofferraum von einer ente passt

— das ist doch gerade der Witz

was für einer?

Wohin warst du denn verreist, Albert?

— Das hätte er uns bestimmt geschrieben, wenn er gewollt hätte.

Klugscheißer

Was ist mit deiner Freundin? Habt Ihr euch aus den Augen verloren?

— offensichtlich ...

Wie schade!!!!!!!!!!!!!!!

— bestimmt eine Jugendliebe

meine aufregendsten Träume handeln davon, dass ich es nicht rechtzeitig schaffe, meine Pfandflaschen zurückzugeben und mir 2,80 Euro flöten gehen

— du bist ja auch kein Künstler

doch

— sorry

sitzt du schon im zug ich komme gerade von einem meeting die ganze zeit hab ich einen halbsteifen undine ich bin so geil auf dich in zwei stunden kann ich irgendwo sein 20 uhr ich will dich unbedingt sehen das ist kein wunsch das ist eine vorgabe wir treffen uns im blue ich schicke dir den link hier

Warum nur einen Halbsteifen?

ich denke klarerweise die ganze zeit an ekelhafte dinge damit die beule nicht zu groß wird eier mit senfsoße ungeschnittene altmännerzehennägel so gebogene krallen wie von einem greifvogel aber noch widerlicher

Ich ziehe meine Frage zurück.

hab ich dir schon mal gesagt dass ich das liebe

was

dass du lustig bist

Findest du?

ja

Du bist auch lustig.

danke

bitte

Nie

was

Nie hast du mir gesagt, dass du etwas für mich empfindest.

unfug

Etwas Wirkliches.

das ist auch unmöglich

Ist es nicht

doch

Albert, du kannst nicht zwei Stunden vorher sagen, jetzt treffen wir uns. Ich habe Verpflichtungen, ich muss das organisieren, du bist nicht der Nabel der Welt.

doch

Nein!

komm schon was hast du zu tun in einer
wildfremden stadt 20 uhr am abend wenn du
willst kannst du das einrichten wenn du
mich wirklich sehen willst

Ok.

Gib mir eine halbe Stunde.

?

Ich bin jetzt im Hotel, gib mir eine halbe Stunde, ich dusche mich, dann komme ich ins Blue und bin bei dir.

ok

ok

ich bin jetzt da

trinke gin tonic

lese einen comic

was anderes schaffe ich nicht

der lag hier so rum

donald duck ich lach mich schlapp die liebe ich seitdem ich ein kleiner junge war doktor erika fuchs war ein genie

Albert

ja

Ich kann nicht.

undine was soll schon sein wir nehmen einen drink quatschen das wars wahrscheinlich stinken wir uns sowieso oder auch nicht krieg dich ein trink eine cola zieh dir was über oder nicht mir egal aber bitte sexy beweg deinen arsch und komm endlich her ich warte schon seit einer ewigkeit auf dich seit fucking drei jahren du weißt das und ich weiß das auch und bald bin ich blau

Gut.

Ich komme jetzt.

Aber im Jutesack. Weißt du noch?

ja

Ok?

Was hast du an?

undine!!!!!!!!!!!!!

Schon gut.

Aber du musst mir versprechen, dass du dich an unsere Vereinbarung hältst.

versprochen

Was?

weiß ich nicht mehr

was für eine vereinbarung ist mir auch total latte hauptsache du bist endlich hier bei mir undine ich schwitze und stinke und habe schon fünf zigaretten im nieselregen geraucht

Dass wir uns danach schreiben.

Wie es war.

In derselben Sekunde.

jajajajajajajajajajajajajaja

Ich stehe jetzt eine Ecke entfernt. Ich glaube, ich kann dich sehen, Albert, ich sehe dich.

Jetzt?

jetzt

Gleich, als ich dich gesehen habe, wusste ich, das ist er! Das ist Albert, ein einziger harter Fakt.

Beinahe wäre ich umgedreht, das Schlagen meines Herzens hat meine Brust zertrümmert. Scheiße, hier komme ich nicht mehr raus, habe ich gedacht. Ich komme hier nicht mehr unbeschadet raus.

Manchmal gibt es solche Momente im Leben, kennst du die, Albert, in denen weißt du, wow, ich hab Mist gebaut! Mein Leben lang werde ich mich daran erinnern. Noch auf meinem Sterbebett werde ich daran denken.

Als ich nur noch ein paar Meter entfernt von dir stand, hast du dir mit einem Mal die Brille von der Nase gerissen. Rührend sah das aus, auch ein bisschen planlos. Vorher hattest du nie erwähnt, dass du eine Brille trägst, sie steht dir, das wollte ich dir noch sagen. Da bist du, Süße, endlich bist du da, hast du mit einer Zärtlichkeit in deiner Stimme gesagt, die ich dir nicht zugetraut hätte.

du hast gesagt mindestens eine din-a4-seite undine schriftart courier new schriftgröße 12 zeilenabstand 1,5

siehst du ich halte mich an deine vorgaben because i am a sweetheart auch wenn ich überhaupt nicht weiß was ich schreiben soll mir fehlen die worte undine du raubst mir den atem und das ist keine ausrede sondern das ist die wahrheit

wir hätten das nicht tun sollen undine wir hätten uns nicht treffen sollen nun habe ich auf immer eine undinewunde in meinem gehirn meinem brustkorb meinem schwanz nie verheilen wird sie nie mehr zusammenwachsen auf immer werden die wundränder auseinanderklaffen so wird das sein und ich weiß das

jedesmal wenn die wundränder drohen zusammenzuwachsen ziehe ich die schorfkruste wieder ab wie als kind wenn man eine schürfwunde am knie hat hast du das auch gemacht

Am ganzen Leib habe ich gezittert, wie ein Kind, du bist aufgesprungen und hast ein bisschen geschwankt. Der ist wirklich schon blau, hab ich gedacht, unglaublich. Du hattest eine Fahne und rochst nach Schweiß, säuerlich, als hättest du Angst.

Normalerweise kann ich das nicht ertragen. Gestank stört mich empfindlich, Albert, und du hast gestunken.

Aber alles hat sich in mir zusammengezogen, und ich bin feucht geworden, unmittelbar, nicht feucht, sondern nass, in Wahrheit, und meine Möse hat gezuckt.

Du hast deine Schaufelhände – ich glaube, ich habe noch nie so große Hände gesehen, was seltsam ist, denn du bist sonst eher klein gewachsen, was ich auch nicht gedacht hätte, wozu hast du so riesige Hände, Albert? –, du hast deine Gorillahände auf meine Schulterblätter gelegt hast, Briefbeschwerer, Bärentatzen, jetzt noch spüre ich das Gewicht deiner Hände auf meinen Schulterblättern.

ich habe einige narben an den beinen weil ich als kind
einfach nicht damit aufhören konnte nicht aufhören
konnte mit diesem abziehen von schorf von der wunde
wenn der schorf abploppt und das blut hervorschießt
das wundwasser sich bildet das ist so ein geiler moment

den schorf habe ich früher immer gegessen

heute will ich nur noch undineschorf fressen

ich will dich auffressen undine dabei habe ich dich
nicht mal geküsst gestern nacht habe ich dich kein
einziges mal geküsst undine stimmt das ich kann mich
nicht daran erinnern

mein verdammtes durchlöchertes gehirn erinnert sich
nicht daran ob wir uns geküsst haben

ich will dass sich immer neuer undineschorf auf meiner
seele bildet wie stellst du dir die seele vor ich habe als
kind exzessiv über sie nachgedacht wie einen laib brot

Mit deiner Nase, mit deinem Gesicht hast du in meinen Haaren gewühlt, mh, ich atme dich, ich atme dich ein, hast du geflüstert, so tief ein.

Aber in Wahrheit hast du nicht geflüstert, sondern du hast gestöhnt, so, als ob du Schmerzen hättest, oder als ob du tief in mir wärst, als ob du in mich stoßen würdest, als ob du hart zustoßen würdest, ein paar Augenblicke nur, bevor du kommst.

Nichts sonst kann ich mit Gewissheit sagen, von unserem Abend, von unserer gemeinsamen Nacht, ich kann nichts mit Gewissheit sagen, Albert, und wenn mir heute jemand erklären würde, du hast das alles nur geträumt, Undine, alles hast du nur geträumt, würde ich ihm wahrscheinlich glauben.

Du hast mein Gesicht in deine Hände genommen und mich angesehen, deine Augen waren dunkelbraun und türkis gleichzeitig, auch wenn das unmöglich ist, bilde ich mir das nicht ein.

habe ich sie mir vorgestellt helles brot aus licht das im brustkorb klemmt wie eine unübersehbare made und du erzählst du mir das

ich will viel mehr wissen von dir undine du hast mir eine ganze nacht geschenkt in deinem leben das haut mich um und ich danke dir dafür mit allem was ich habe was lächerlich wenig ist und was du du widerspenstige störrische geliebte was du einfach nicht begreifen willst

dir ist nicht klar was für eine unglaubliche niete ich bin undine

und was für ein arschloch

haben wir uns geküsst undine

haben wir gevögelt

war ich in dir

Jetzt küssen wir uns, gleich küssen wir uns, habe ich gedacht, die Augen halb geschlossen, wie in diesen Hollywoodschinken habe ich dir meinen Mund entgegengestreckt, und dein alkoholisierter Atem ist über mein Gesicht gestrichen.

Aber du hast mich plötzlich wieder losgelassen. Fast bin ich umgefallen, so plötzlich. Du kannst Menschen nicht einfach so loslassen, Albert, nachdem du sie umarmt hast, das geht nicht, das kann man nicht verkraften. Das kann ich nicht verkraften.

Wir standen wieder voreinander, lächerlich weit entfernt, zwei Meter bestimmt, und du hast in deiner Hosentasche rumgefummelt. Komm schon, hast du gemurmelt, bis du hattest, was du suchtest.

Hier, von einem Ohr zum anderen hast du gelacht, und mir ein Knüpfband vor die Nase gehalten, so eins wie wir sie als Kinder selbst gemacht haben.

warum verdammt nochmal hatten wir keinen sex

das ist der fehler meines lebens

gibst du mir noch eine chance undine

bitte gib mir noch eine chance

schon im taxi bin ich eingeschlafen das weiß ich noch

ich hatte meinen kopf auf deinen beinen liegen und du hast mich gestreichelt

deine beine kamen mir erstaunlich kräftig vor in dem moment und damit meine ich nicht fett auch wenn sie wirklich gut gepolstert sind haha

deine beine undine waren voller kraft das war so unglaublich sexy baby ich glaube du hast keine vorstellung davon wie heiß du bist

Deines hatte seine besten Tage schon gesehen, an den Enden franste es aus und irgendwie sah es auch so aus, als würde es müffeln, aber das war nicht die Wahrheit.

Der macht sich doch über mich lustig, ist durch meinen Kopf geschossen, der macht sich schon wieder über mich lustig. Gleichzeitig wusste ich, dass es nicht so war, ich wusste, dass du es ernst meintest: Das war deine Gabe für mich, dieses gammelige, angegraute, ausgefranste Knüpfarmband in verschiedenen Brauntönen auch noch, exakt mein Geschmack.

Weißt du noch, wie ich dich einmal gefragt habe, was ist deine Lieblingsfarbe, dein Lieblingsessen, dein liebstes Hobby, und du hast geantwortet braun, Wurst, Bobfahren? Das war lustig, Albert! Ich habe so gelacht. Immer muss ich lachen, wenn ich daran denke.

Danke, habe ich gestammelt, toll! Du bist in schallendes Gelächter ausgebrochen, bind es dir um, los, soll ich dir helfen? Eine halbe Ewigkeit hast du an meinem Arm

als ich später auf dem hotelbett schlief bin ich irgendwann aufgewacht von einem geräusch ich war mir nicht sicher ob ich wach war oder schlief auch jetzt weiß ich nicht was war vielleicht habe ich das auch nur geträumt

du saßt wie eine katze im fensterrahmen mit hochgestrecktem schwanz gleich springt sie raus dachte ich hoffentlich tut sie das nicht denn ich kann mich nicht bewegen

versprichst du mir dass du mein armband trägst bis es auseinanderfällt das bedeutet mir die welt

bitte undine

meine zweitälteste tochter hat es mir geschenkt als sie acht jahre alt war

seit elf jahren habe ich sie nicht gesehen und nicht gesprochen nicht gerochen nicht in den armen gehalten

herumgefummelt, und deine Hände haben dabei gezittert. Dann hast du dich zurück auf deinen Stuhl fallen lassen, zwei Gin Tonic hast du gebrüllt, du kannst so laut sein, Albert, ist dir das bewusst? Oder möchtest du etwas anderes trinken?, hast du mich dann doch noch gefragt.

Erschrocken hast du mich angesehen, das hast du immer wieder getan, die ganze Nacht lang hast du mich immer wieder angesehen, als wäre ich ein Schock für dich.

Ich kann mich nicht erinnern, was dann passiert ist, Albert. Ich kann mich nur daran erinnern, wie ich mich gefühlt habe. Erschüttert. In Einzelteile zerlegt. Aufgeweicht auch, als ob ich zerfließen würde, eine Honigpfütze. Gib mir Honig, kennst du das, von Beuys.

Wir haben geredet, keine Ahnung, worüber, wir haben getrunken, mit deinem rasenden Tempo konnte ich nicht mithalten, und ich habe irgendwann Pistazien bestellt, aber es gab nur Erdnüsse, damit ich nicht unmittelbar unter dem Tisch lande.

als hätte mir jemand einen arm abgehackt so fühlt sich das an nur noch furchtbarer

ich liebe deine fingerkuppen undine habe ich dir das gesagt

eine din-a4-seite ist das hier allemal vergiss alles was ich gesagt habe in zwei tagen reise ich mit meiner familie nach kapstadt meine tochter heiratet einen schwarzen typen das n-wort darf man heute auch nicht mehr sagen undine in was für einer welt leben wir wir sind einen monat lang unterwegs und ich werde dir nicht mehr schreiben

ich werde dir nie mehr schreiben das ist die einzige lösung die ich kenne

ich weiß keine andere

bitte verzeih mir undine sei mir nicht böse ich wünsche mir dass du mir gut bist wirst du das sein bitte

Du hast mir dein Armband um das linke Handgelenk gebunden, obwohl ich gesagt habe, rechts, so fest, dass ich am nächsten Morgen rote Abdrücke hatte auf der Haut.

Irgendwann haben wir angefangen, Vier-Gewinnt zu spielen. Das war so ein Minispiel zum Verreisen, das du aus deinem Rucksack hervorgezogen hast. Wer hat ein Vier-Gewinnt-Spiel zu einem Date dabei, Albert. Hast du gedacht, wir hätten uns nichts zu sagen?

Bis auf einmal habe ich jedes Mal gewonnen. Du hast dann immer die Arme in die Luft gestreckt und »Sieg!« gerufen. Du bist ein guter Verlierer, Albert. Das hätte ich nicht gedacht. Und das wollte ich dir auch noch sagen.

Beim Reinstecken der Spielsteine haben sich unsere Hände viermal berührt, ich habe mitgezählt. Unmerklich haben sie sich viermal berührt und jedes Mal ist mir das durch den Leib gefahren, von oben bis unten. Einmal hast du dazu gemurmelt, ich liebe deine Fingerkuppen.

versprich mir das

Meine Fingerkuppen, wirklich, Albert, ausgerechnet die liebst du? Warum? Noch nie sind sie mir in die Augen gefallen. Was gibt es an ihnen zu lieben, das verstehe ich nicht.

Als die Kellnerin, so eine gealterte Geisterbahnschönheit, die du behandelt hast, als wäre sie eine Königin – das hat mir gefallen, Albert, wie höflich und liebenswürdig du warst, selbst in deinem Suff – als die Kellnerin sagte, letzte Runde, und uns beiden eine Tasse Pfefferminztee vor die Nase geknallt hat, hast du dir Tonnen von Zucker in den Tee geschüttet und dir die Zunge verbrannt.

Als wäre es einer deiner Shots, wolltest du dir den Tee die Kehle hinunterschütten, ich kann dich nicht zu mir mitnehmen, hast du hervorgestoßen, verdammt! Du hast mich angesehen, als würdest du erwarten, dass ich dich schlage, mit hochgezogenen Schultern. Aber ich kann dich mit zu mir nehmen, habe ich geantwortet.

Ich bin zu besoffen, verzeih mir, Undine!

Ist mir egal, wenn du nicht mitkommst, verzeihe ich dir nicht, habe ich geantwortet.

Im Taxi hast du deinen schweren Körper, deinen massiven Körper, deinen alles erdrückenden Albertkörper auf meinen Beinen abgelegt, und ich dachte, das halte ich nicht aus.

Kannst du meinen Kopf kraulen, Undine?, hast du gefragt, ich weiß nicht genau, vielleicht hast du in dem Moment geweint, deine Stimme hat zumindest gebebt. Aber als ich dir über die Wangen gestrichen habe mit meiner Hand, du warst eingeschlafen und schnorcheltest leise vor dich hin – ein erstaunlich zartes, fast weibliches Schnorcheln war das – fühlten sich deine Wangen trocken an.

Ich weiß nicht, wie wir ins Hotelzimmer gekommen wären, wenn der Taxifahrer uns nicht geholfen hätte. Du bist aufs Bett gesunken, ich habe dir noch die Schuhe ausgezogen. Zudecken ging nicht, ich konnte die Bettdecke nicht unter dir hervorziehen. Allein habe ich das nicht geschafft.

Du hast tief und fest geschlafen, und ich habe die Zigaretten aus deiner Jackentasche geholt, mich in den Fensterrahmen gesetzt und mir eine angezündet.

Gleich nach dem ersten Atemzug habe ich angefangen zu husten. Wann habe ich das letzte Mal geraucht und dann auch noch Gitanes? Warum rauchst du ausgerechnet diese Scheißzigaretten?

Warum nicht Lucky Stright, Marlboro, American Spirit, Camel, L&M? Unter allen Optionen musst du Gitanes rauchen, genauso wie der glatzköpfige Typ, der mich eines Nachts in London in sein Hotelzimmer rief.

Ich war dort als Au-pair, hatte ihn noch in Deutschland auf der Hochzeit einer gemeinsamen Freundin kennengelernt. Kein spektakulärer One-Night-Stand, aber ich dachte trotzdem immer noch an ihn. Nur wegen mir, nur um mich zu sehen, war er nun nach London gereist, war das nicht phänomenal.

Wir waren zum Abendessen verabredet, ich bin noch nicht fertig, kommst du kurz hoch, ließ er mir am Telefon durch den Portier ausrichten.

Sofort, als ich das Zimmer betreten hatte, schloss er die Tür und drehte den Schlüssel um. Dann warf er mich auf das Bett und sich auf mich.

Auf dem Rücken liegend, er auf mir, an mir, in mir, überall mir, dachte ich, das kann nicht wahr sein, dachte ich die ganze Zeit, das kann nicht wahr sein, das ist nicht wahr, das passiert nicht, das passiert jetzt nicht wirklich. Manchmal weiß ich, um ehrlich zu sein, immer noch nicht, ob das passiert ist. Oder nicht.

Am Ende dann, als ich auf allen Vieren über den Boden kroch auf der Suche nach meinem Slip, lag er auf dem Bett und beobachtete mich: Meine Mutter hat mir beigebracht, wenn Mädchen nein sagen, meinen sie in Wahrheit ja, sagte er.

Diesen Spruch habe ich in meinem ganzen Leben genau zweimal gehört, einmal von meinem Physiklehrer und einmal von ihm.

Während du geschlafen hast, Albert, habe ich dir die ganzen Geschichten erzählt. Das hat sich gut angefühlt.

Eine Vergewaltigung gilt übrigens nur als solche, wenn die Vergewaltigte beweisen kann, dass sie sich heftig gewehrt hat – mit Wunden, Verletzungen, erheblichen blauen Flecken etc. – und wenn sie nachweislich versucht hat, wegzulaufen bzw. der Situation zu entkommen. Zumindest war das damals so.

Aber wie wehrst du dich, wenn 100 Kilogramm dich auf eine Matratze pressen? Und wie und wohin läufst du weg, wenn er das Zimmer abgeschlossen hat? Wie macht man das, Albert? Weißt du das?

Ich weiß es nicht. Und ich kann das nicht verwinden. Ich kann das einfach nicht überwinden.

Bestimmt hörst du mir nicht mehr zu, Albert.

Schon lange nicht mehr zu. Die Geduld hast du nicht, auch nicht das Interesse.

Nicht für mich.

Manchmal, oft denke ich, die Gespräche, die wir mit uns selbst führen, sind die besten. Nur wir hören zu und unsere Gespenster. Alle unsere Gespenster. Welches sind deine, Albert? Zeigst du mir ein Gespenst von dir? Wenigstens eins? Ich bitte dich.

Letzten Sommer waren wir in Kroatien, da gab es am Strand eine riesige Installation aus Leuchtbuchstaben. Was für ein Kitsch, meinte mein Mann, aber mich hat das berührt. Mich berühren solche Dinge. The people you love become ghosts inside of you and like this you keep them alive, stand da geschrieben. Verstehst du, was ich meine?

Heutzutage raucht keiner mehr, Albert, zumindest nicht in unserem Alter, außer die, die lebensmüde sind, bist du das?

Ich habe die Zigarette in der Hand gehalten, ohne daran zu ziehen, bis sie runtergebrannt war, und es angefangen hat zu stinken.

Als ich sie aus dem Fenster fallen ließ, hat in der Ferne eine Katze gekreischt wie ein vergiftetes Baby. Ich weiß nicht, wie das klingt, aber genauso hat das geklungen.

Im Blue hast du von deinen Kindern erzählt, und ich habe jedes Mal gedacht, ich habe an dem Abend mehrmals gedacht, ich wünschte, ich wäre deine Tochter. Ich wünschte, du würdest mich lieben wie du deine Kinder liebst, Albert. Ich wünschte, irgendjemand würde mich so lieben wie du deine Kinder liebst.

Im Fensterrahmen sitzend und dich atmen hörend in meinem Rücken habe ich an die Sommersprossen von Lucia gedacht, und dass ich, wenn ich wieder zuhause bin, unbedingt das Fahrrad meines Mannes reparieren muss. Das habe ich ihm schon so lange versprochen. Ich bin eine Göttin im Flicken von Fahrradreifen, kannst du dir das vorstellen?

Den Mond habe ich nicht am Himmel gesehen in der Nacht. Alles war wie zugezogen, blockiert. Granitfarbene Wolkenbänke haben sich in der Luft gestapelt, und ich habe auch keinen einzigen Stern gesehen. Vielleicht, wenn du mitgesucht hättest, Albert, hätten wir einen gefunden. Aber du hast ja die meiste Zeit schlafend auf dem Bett zugebracht.

Gerade, als ich mich zu dir ins Bett gelegt hatte, ich fror mit einem Mal, furchtbar kalt war mir, und ich legte meinen Körper gegen deinen, um mich aufzuwärmen, genau in dem Moment schlugst du die Augen auf, sahst mich an und sagtest: Hi, Undine.

Hi, Undine, als wäre das völlig klar und selbstverständlich, ein Moment wie tausend andere, ich mache uns jetzt einen Kaffee, willst du auch einen?

Es war wahnsinnig früh am Morgen, und vor meinen Augen hat sich das Zimmer gedreht, so erschöpft war ich mit einem Mal. So sehr wollte ich in dem Moment nur noch schlafen.

Aber du hast den Wasserkocher angestellt und bist ins Bad gegangen, ich habe gehört, wie du dich gewaschen hast und geprustet und geschnaubt.

Mit nacktem Oberkörper bist du später vor mir gestanden. Du hieltest zwei Tassen Nescafé in den Händen. Zerbrechlich hast du ausgesehen im Morgengrauen, das durch das Fenster fiel und deinen Körper bemalte. Ich hasse Nescafé, hast du gesagt und dein Gesicht verzogen so wie man es verzieht, wenn man etwas Ekelhaftes im Mund hat.

So hat er als Kind ausgesehen, habe ich in dem Moment gedacht, aber besser als nix, du hast gelacht, eine Tasse abgestellt, dich vor mich hingehockt und mir die andere Tasse an die Lippen gehalten, pass auf, dass du dich nicht verbrennst.

Als wäre ich krank und könnte mich nicht bewegen, hast du mir den Kaffee zugeführt, Schluck für Schluck hast du ihn mir einverleibt, eine Lebensinfusion. Von deinem Körper tropfte Wasser auf meine Schultern und auf den Boden, du hattest dich nicht richtig abgetrocknet und rochst nach der Hotelseife. Die überall gleich riecht, ist dir das schon einmal aufgefallen?

Als du die leere Kaffeetasse abstelltest, nahm ich deine Hände in meine, drehte die Handteller nach oben und legte mein Gesicht in ihnen ab. So lange ließ ich mein Gesicht in deinen Händen ruhen, dass ich dachte, wann verliert er die Geduld? Wann ist es ihm genug? Wann kann er nicht mehr?

Aber du hast dich nicht bewegt, keinen Zentimeter hast du dich bewegt. Du hast mein Gesicht einfach nicht losgelassen. Du hast so lange gewartet, bis ich fertig war. Bis ich fertig war mit dem Legen meines Gesichts in die Hände eines anderen Menschen. Das hat mich unglaublich berührt.

Weißt du, Albert, was für mich der schönste Moment war an unserem ganzen Treffen?

Willst du das wissen?

Rede nicht so viel, Undine, würdest du vermutlich jetzt antworten, lass uns lieber vögeln!

Dabei haben wir genau das nicht getan, Albert.

Auch nicht am nächsten Morgen haben wir gevögelt, als du wieder nüchtern warst. Du warst zu schwach, benebelt, aufgeregt, keine Ahnung. Fakt ist, du hast keinen hochgekriegt.

Weißt du noch, wie du vor mir saßt auf dem Hotelbett, im Schneidersitz, vollständig nackt und behaart? Ich habe meine Augen nicht von dir gelassen, und mit Espenlaubhänden habe ich dein Gesicht in meine Hände genommen und dich endlich geküsst. So tief hast du dabei eingeatmet, dass sich dein gesamter Körper angehoben hat, als würdest du gleich losfliegen. Danach hast du genauso wieder ausgeatmet, ein Schmerzenslaut war das, oder deine Wollust, zeig mir deine Wunde, Undine, hast du gemurmelt und mit deinen Fingern über meine Augenlider gestrichen, den Nasenrücken entlang. Dann hast du mit den Handrücken die Konturen meiner Wangenknochen nachgezogen.

Der schönste Moment mit dir, Albert, war der, in dem wir am Morgen wie leergevögelt in dem schäbigen Café saßen gleich um die Ecke von meinem Hotel.

Wir hätten uns gern ein anderes gesucht, aber um die Uhrzeit hatten wir keine andere Wahl, und du hattest Hunger. Wolfshunger hast du gesagt, nicht Bärenhunger. und auch das hat mir so gefallen.

Die Sonne hat Licht auf unsere Gesichter geworfen, und du hast alt ausgesehen und müde, ohne Erbarmen. Ich habe deinen Hoodie übergezogen. Ich wollte nicht, dass du mein zerfaltetes Morgengesicht siehst.

Dein Hoodie hat nach Zigaretten gerochen, nach Eukalyptus und etwas Würzigem, vielleicht war es Sandelholz, das weiß ich nicht genau. Es war ein Fehler, dass ich ihn dir geliehen habe, du wirst ihn mir nicht zurückgeben, hast du gesagt und dabei gegrinst.

Weißt du, Albert, seit Jahren beobachte ich diese Paare mit Augenringen und rosigen Wangen, die am Morgen in Cafés sitzen und sich Brötchen reinstopfen, Saft runterkippen und Kaffee, wie aus Kübeln, kennst du die?

Als hätten sie all ihre Energie verschwendet in der vergangenen Nacht, und jetzt müssten sie wieder auftanken, die Kraft zurückholen in ihre Körper, weil sie alles vergeudet haben, alles verschwendet beim schlaflosen Küssen, Stoßen, Keuchen, Stöhnen, Abspritzen, Vögeln. Ich beneide die Paare so, seit so langem will ich das erleben, nur ein einziges Mal noch.

Du warst so unterschiedlich in allen möglichen Momenten, Albert. Mal hast du dich in meinen Schoß gelegt und dich hin- und herwiegen lassen, dann wieder hast du meinen ganzen Körper geleckt mit deiner kratzigen Zunge, gewaltvoll geleckt, jeden einzelnen Zentimeter hast du eingespeichelt, als würdest du mich kennen, Albert, bis ich übergelaufen bin. Wie willig ich war, als du mit deiner Hand in mich eingedrungen bist, tief und hart, wie hingegeben. Total.

Hast du mal Jung gelesen?, hast du mich direkt danach gefragt, ohne Pause, und mich belustigt angesehen, mach das.

Der schönste Moment mit dir war unser gemeinsames Frühstück am Morgen. Ich hatte gerade festgestellt, dass mir mein Portemonnaie abhandengekommen war, und telefonierte hektisch mit der Bank, um meine Karten sperren zu lassen. Du bestelltest die Frühstückskarte hoch und runter.

Viel gab es nicht zur Auswahl, aber es gelang dir dennoch, uns Rührei mit Speck und gebratenen Tomaten zu organisieren. Mein Geld und meine Karten waren weg, mein Ausweis, wir wussten, dass wir uns gleich trennen würden, alles war furchtbar, aber wir haben gegessen, gelacht, gesprochen, über harmlose Dinge. Alles war so leicht mit dir. Die ganze Zeit. Auch.

Ohne es nur mit einem Wort auszusprechen, haben wir uns in dem Moment gesagt, es war geil, es war besonders, ich habe dir alles gegeben, was ich habe, und du mir. Jetzt bin ich erschöpft, und wir trinken zusammen Kaffee und essen Rührei. Das ist alles, und es ist einfach, es ist gut.

Es ist wie es ist.

War das so, Albert? War es auch so für dich? Ich weiß es nicht. Ich habe keine Ahnung. Ich bin so gespannt, was du mir schreiben wirst.

Ich traue dir alles zu. Dass du mir eine leere Textdatei schickst, einfach nur »es war geil«, so wie du es angekündigt hast, einen Vortrag über irgendeinen Psychiater oder ein Bild von dir mit Schnubbes und Kippe.

Wie wird dein Text sein, Albert?

Ich fürchte mich davor.

Mit dir fürchte ich mich immer auch.

Eine Spur.

hier ein bild von mir das einzige was ich noch mag

wtf?!

starke Farben, würde ich mir aufhängen, vielleicht nicht ins Wohnzimmer

sorry, ich kann da kaum was erkennen, was ist das, ein Bagger, der Sex hat mit einer vergoldeten Frau?

— **möglich**

Aber was ist die Aussage? Was willst du damit zeigen?

— ja sag mal albert erklär uns dein bild bruder ich bin so gespannt

das ist eine ernst gemeinte Frage

— das ist ja das lustige

ich verstehe Ihre Häme nicht, es ist doch schön, wenn Menschen sich für Kunst interessieren

total schön!!!

das Bild ist anders als alles, was ich bisher von dir kenne – ein Umbruch?

kitschiger bullshit seit wann malst du figürlich, ich will deine farbmassaker zurück deine purheit

— **sie hören nicht zu außerdem geht es mir am arsch vorbei was sie wollen ich kenne sie nicht**

Das Einzige?

Geträumt III

Ich kämpfe mich durch eine Wüste, eine dystopische Landschaft, und trage nichts als einen Jutesack. Bis zum Hals stecke ich in ihm fest, so dass ich mich nur hüpfend vorwärtsbewegen kann, eine grobporige Weißwurst bin ich. Schweiß rinnt mir die Arme entlang und die Beine, tropft in meine Augen, kaum noch kann ich etwas sehen. Ich kneife die Augen zusammen, irgendwo muss es eine Oase geben, verdammt nochmal, in allen guten Geschichten gibt es irgendwo eine Oase mit Wasser, Palmen und mindestens einem sexy Menschen, der dich in die Arme schließt.

In der Ferne sehe ich einen Gewächsturm in die Höhe ragen, eine Art Riesenkaktus übersät von pinken Blüten, believe me when I tell you that he loves the colour pink, wie in dem Song ist das, von dem ich gerade einen Ohrwurm hab, aber ich weiß nicht, wie er heißt, und auch nicht, wer ihn singt.

Oder wie bei Jim Knopf mit dem Scheinriesen, der immer kleiner wird, je mehr man sich ihm nähert. Allerdings passiert in meinem Traum exakt das Gegenteil, der Kaktus wird umso gewaltiger, je mehr ich mich ihm nähere, hüpfend, keuchend, schwitzend, als ginge es um alles.

Irgendwann stehe ich direkt vor ihm, wie in Zeitlupe blicke ich hoch, bis ich mit meinen Blicken an der Spitze angekommen bin, ist die Sonne untergegangen, und der Riesenkaktus sagt zu mir mit einer Stimme, in die ich mich auf Anhieb verknalle: »That's it.«

Hand aufs Herz, Undine: Das träumst du doch
nicht wirklich, oder?

— **ja und nein**

oh, jetzt bin ich enttäuscht, ich dachte, du teilst
hier wirklich deine träume mit uns, etwas echtes,
bist du nur fake, wie so viele andere?

— **Alles, was ich schreibe, ist ehrlich.**
Zumindest versuche ich das.

du machst es dir leicht

— **Nein.**

deine Fantasie will ich haben

— ich nicht!

— ich auch nicht haha

die Phallus-Symbolik …

— hä?

der Riesenkaktus?!

— wow wie schlicht

wow eine Tiefdenkerin

— ein idiot!

wann lügen wir nicht

nie, willst du das sagen, spiel der Masken, Vergeblichkeit einer wahrhaftigen Kommunikation, alles, was zwischen den Worten steckt, stark
— Was heißt in diesem Zusammenhang »stark«?
frag nicht so doof

ich würde mich als einen im Grunde sehr ehrlichen Menschen bezeichnen
— im Grunde …
— heute schon mal die Wahrheit gesagt?
— ich auch
bei mir gibt's nur ab und zu mal ne klitzekleine Notlüge, sonst ausschließlich die Wahrheit, das ist mir wichtig

Was ist »lügen« ?

Wozu die Wahrheit sagen, wenn auch Lügen geht
…

du meinst, hier?
— Jahrmarkt der Eitelkeiten, weiß doch jede*r

Ich habe so viele wundervolle authentische Menschen in den sozialen Medien kennengelernt.
— menschen oder menschen, die vorgeben, menschen zu sein

Pessimist!

— Allenfalls Nihilist.
— Stoiker?
— Mann, seid ihr super!

#sagmirdeinenwunsch

sag mir deinen!

trau mich nicht

ich möchte meine mutter wiedersehen, nur ein einziges mal noch mit ihr sprechen, so wie früher, als sie das noch konnte, ich weiß nicht mehr, wie ihre stimme klingt, ich kann sie nicht mehr hören, eine qual ist das für mich, seit jahren bin ich von dem wunsch besessen

Besuch sie einfach.
— Wie debil kann man sein?!
Bitte?!
— Offensichtlich ist sie tot!
— Einfach mal richtig lesen ...
— wieso konnte sie nicht mehr sprechen?
— vermutlich ein Schlaganfall?
— nicht der Punkt!

nur einen?

ein Date mit dir!!!

hast pn

dass mein Schwager beim nächsten Checkup krebsfrei ist
— fingers crossed
— hier auch
— alles Gute!

— Gute Besserung!
— Von Herzen gute Besserung.
— wird schon schiefgehen

Kennt ihr diese Pinnwände in Kirchen, an die die Menschen Gebete pinnen? Also, zuerst schreiben sie ihre Wünsche natürlich auf, und dann pinnen sie sie an die Wände. Die Gebete berühren mich. Manchmal denke ich, ich gehe vor allem wegen ihnen in die Kirche, all die Bitten, Stoßseufzer, Wünsche, der gesamte menschliche Kummer, all unser Hoffen, Sehnen, Fürchten, Sorgen. Essenz des Lebens.

— Ich persönlich kann mit Gebeten gar nichts anfangen.
— Jeder Mensch betet.
— Quatsch!

Hast du dir mal so eine Pinnwand angesehen?

— Warum sollte ich?

Foto 1
Liber Gott ich wünsche mir das du ale krankheiten Weg treipst und beschütze mich! Hier meine Telefon Nummer: xxx Marlene

Foto 2
Danke, dass ich Geschwister habe, danke, dass ich eine Familie habe.

Foto 3
Heil. Vater, Herr, Jesus Du kennst alle unsere Not. Hilf bitte, weil nur du helfen kannst. Amen.

Foto 4
dass finden meine Kinder wieder zusammen, auch Juno

Foto 5
Bitte nimm mich zu dir, mit allem, was ich habe, flehe ich dich an.

Foto 6
Ich würde mir wünschen, dass ich mit meiner Oma Weihnachten feiern kann, aber nicht mit der Papa-Oma.

Foto 7
wünsche mir lange Gesundheit für die ganze Familie

Foto 8
Lieber Gott, mach, dass ich Freunde finde und Alex endlich glücklich ist.

Foto 9
ich mag bleiben my baby gesund for ever

Foto 10
Gott beschütze uns. Bitte kein Weltuntergang!

Foto 11
Bitte hilf mir endlich zu vergessen, dass meine Frau mich betrogen hat!

Foto 12
Lieber Gott, ich hoffe dass ich es auf Genasium schafe, Armen.

Foto 13
Lieber Herr Jesus! Danke für Deine Hilfe bei der Geburt meiner Tochter, hilf ihr, dass alles gut geht. Danke für deine Heilung, lass sie meinem Mann und mir zuteilwerden. Dein Kind.

MATZE [ALBERT]

Dezember

Es ist zwei Tage vor Weihnachten, aber geschneit hat es immer noch nicht richtig. Nur ein paar mickrige Flocken, auf denen noch nicht mal Frau Anders ausrutscht, meine knochenharte Nachbarin, die täglich – und wenn ich täglich schreibe, meine ich das auch – den Asphalt in unserem Innenhof ausbessert. Mit einem lächerlich kleinen Pinselchen trägt Frau Anders schwarzen Lack auf dem Boden auf, denn sie kann es laut eigener Aussage nicht ertragen, dass er nicht schwarz genug ist, nicht tiefschwarz genug, nicht lückenlos schwarz genug.

Albert, den wir hier alle kennen, oder den wir zumindest meinen zu kennen, der uns ein Begriff ist, irgendein Begriff, hätte gewusst, hätte unmittelbar erfasst, warum Frau Anders hier und jetzt wichtig ist, und warum es von Bedeutung ist, zwei Tage vor Weihnachten und anlässlich eines Todesfalls von mickrigen Schneeflocken zu schreiben, von der knochenharten Frau Anders und ihrem Ausbessern des Asphalts in unserem Innenhof mit einem lächerlich kleinen Pinselchen und schwarzer Lackfarbe.

Das hier ist eine Nachricht an alle Freundinnen und Freunde von Albert oder wer ihr seid, auf seiner Seite, ich habe Alberts Obsession für soziale Netzwerke nie verstanden.

Wer es jetzt noch nicht begriffen hat, wird es vielleicht nie begreifen, ich persönlich werde das nie begreifen, mein ganzes weiteres verfluchtes Leben lang werde ich nicht begreifen, dass Albert ab jetzt tot ist.

ALBERT IST GESTORBEN.

Mein Gefährte, mein Blutsbruder, mein Seelengeschwisterteil, mein zweiter Arm, mein Gehirn, meine Kindheit und Jugend, meine Lebensliebe ist tot.

Und mir bleibt in dieser komplett verschissenen Welt – das hat Albert immer gesagt, wer erinnert sich daran? Hat er das hier auch gesagt, hat er hier auch so geschimpft und geflucht, ich weiß es nicht – mir bleibt nichts anderes übrig, als euch das zu schreiben: Albert lebt nicht mehr.

Er kann euch also auch nicht mehr antworten. Er wird hier nie mehr etwas posten. Er wird keine Bilder mehr malen. Er wird uns nie mehr in seinen Armen halten. In seinen endlos langen Affenarmen.

Es ist Alberts ausdrücklicher Wunsch, die Umstände seines Todes nicht preiszugeben. Er hat das glasklar gemacht in seiner unverkennbaren Art, er wollte und will kein, ich zitiere, »verficktes Mitleid«, nie wollte er das. Ich bitte euch also, mir diesbezüglich keine Fragen zu stellen.

Ich wollte Albert noch so viel fragen. Es ist lachhaft das zu sagen, ich weiß, aber ich wollte das wirklich, ich wollte noch so viel verstehen, ich wollte noch so viel erleben mit ihm.

Das sagen Menschen vermutlich immer, wenn jemand gestorben ist, den sie geliebt haben, selbst, wenn sie 60 Jahre lang in einer Symbiose miteinander gelebt haben, sagen sie das.

Es ist einfach nie genug.

Liebe ist nie genug.

Ich habe mit Albert in keiner Symbiose gelebt, für so etwas sind wir beide nicht geschaffen.

Wir haben uns immer wieder auch aus den Augen verloren, wir waren beide nicht besonders gut im Kontakthalten.

Aber jedes Mal, wenn wir uns wieder gesprochen haben, jedes Mal, wenn wir uns wiedergesehen haben, war es, als wären wir nie getrennt gewesen, nicht einen einzigen Tag. Als wären wir immer noch die Gleichen, die Alten, zwei Jungen aus der ersten Klasse.

Albert war damals der kleine Dicke in der ersten Reihe, neben dem niemand sitzen wollte. Könnt ihr euch das vorstellen? Ich habe geheult, weil ich zu spät in die Klasse kam und nur noch der Stuhl neben ihm frei war. Albert hat mich angesehen wie ein verschrecktes Ferkel, und die Direktorin, Frau Angelmeier, den Namen vergesse ich nicht, hat mich angeschnauzt, setz dich endlich hin, wenn du schon zu spät bist, am ersten Schultag in deinem Leben, das kann ja heiter werden, hast du keine Eltern. Ich hatte wirklich keine, Frau Angelmeier hatte also ins Schwarze getroffen.

»Böse«, hat Albert vor sich hingenuschelt, und ich habe ihn kaum verstanden, dann hat er das unglaubliche Wort »Rülpsraupe« hinterher geschoben. »Böse Rülpsraupe« hat Albert zu Frau Angelmeier gesagt. Ich stand immer noch vor dem Tisch, wir haben uns beide angesehen und gegrinst, und dann habe ich mich hingesetzt zu ihm. Wo ich geblieben bin. Bis heute.

Um die Wahrheit zu sagen, haben wir nicht den geringsten Schimmer, wie wir das Konto hier löschen können. Niemand von uns, nicht Alberts Familie, nicht seine Freunde, nicht seine Geliebten, kennen die Zugangsdaten. Das ist unheimlich und sinnlos, aber es ist wie es ist, und eins ist damit klar: Alberts Seite wird bestehen bleiben.

Ihr könnt hier ab jetzt posten, was ihr wollt. Ich werde mich nicht darum kümmern. Niemand wird sich mehr darum kümmern. Irgendwie passt das auch zu Albert, finde ich. Vor ein paar Jahren hat er mir von einer Geschichte erzählt, die ihn nicht losgelassen hat, er war geradezu besessen von ihr. Eine Zeit lang hat Albert auch Bilder zu dem Thema gemalt, das waren die mit den übermalten Gehirnstrukturen, Schneckenhäusern, Mikroorganismen, könnt ihr euch daran erinnern? Ein Wahnsinn, in unfassbarer Detailarbeit hat Albert die minimalen Anordnungen gemalt, wochen- und monatelang, ich habe ihn selten so konzentriert erlebt. Fast hatte ich die Befürchtung, er verliert den Verstand darüber. Alles nur, um die Bilder danach mit Balkenstrichen vollzuknallen, meistens in Schwarz, manchmal auch in Blau, Azur war das, um genau zu sein, so dass man kaum noch etwas erkennen konnte.

Albert hatte damals in einer Zeitschrift eine Geschichte von einer russischen Programmiererin gelesen, eine attraktive junge Frau, die nicht über den Tod ihres besten Freundes hinwegkam. Mit allen Nachrichten, die sie sich jemals mit ihm geschrieben hatte, Email, WhatsApp, über soziale Medien, mit den Nachrichten auch, die er sich mit seinen anderen Freunden und seiner Familie geschrieben hatte, hat sie dann einen Chatbot kreiert. Mit dem konnte man so kommunizieren, als würde der Freund noch leben. Manche haben sogar behauptet, der Chatbot wäre in gewisser Weise echter als der Freund selbst. Eine perfekte Chat-Ausgabe von ihm. Sein vollendetes Ich. Dieser Chatbot war im Netz frei zugänglich, jeder konnte sich mit ihm unterhalten, Albert hat das ausprobiert, stundenlang, wochenlang. Bis er plötzlich von einem

Tag auf den anderen das Interesse verloren hat an dem Thema, ohne ersichtlichen Grund. Auch das war typisch für ihn.

Mehr kann und will ich hier nicht schreiben. Mir fehlen die Worte. Albert fehlt mir. Alles fehlt mir.

Hier noch ein Gedicht, das Alberts Familie für ihn ausgesucht hat:

T.H.Auden, FUNERAL BLUES
übertragen von Christa Schuenke

Die Uhren stoppt, reißt raus das Telefon,
Ein Knochen für den Hund, dann schweigt er schon,
Nein, kein Klavier, nur Trommeln, dumpf und schwer.
Tragt raus den Sarg, die Trauernden ruft her.

Flugzeuge solln im tristen Morgenrot
Groß an den Himmel schreiben: »Er ist tot«,
Die weißen Taubenhälse sollen schwarze Kragen,
Die Polizisten schwarze Handschuh tragen.

Er war mein Nord, mein Süd, mein Ost, mein West,
Mein Werk- und Feiertag, mein Dienst, mein Fest,
Mein Wort, mein Lied, mein Mittag, meine Nacht;
Die Liebe stirbt nicht, dacht ich; falsch gedacht.

Den Sternen sagt: »Wir wolln euch nicht, geht unter!«
Packt ein den Mond und reißt die Sonne runter;
Kippt weg das Meer, den Wald lasst überfluten,
denn nichts mehr wendet sich ab jetzt zum Guten.

Oh nein, das gibt's doch nicht!!! Unendlich traurig. RIP.

Mein aufrichtiges Beileid.

Beileid.

Mein Mitgefühl.

Mein aufrichtiges Mitgefühl.

ich fand den typen immer superweird
— wirklich?!
ja
— ich meine: wirklich?! das postest du hier anlässlich seines Todes?! shame on you
immerhin bin ich ehrlich

Oh Herr, gib ihm und allen Verstorbenen die ewige Ruhe. Und das ewige Licht leuchte ihnen. Lass sie ruhen in Frieden. Amen.
— Albert würde kotzen.
— stimme zu

Beileid! Ruhe in Frieden.

seltsamer Text ...

Mein tiefstes Beileid.

Warum nicht sagen, wie er gestorben ist? Haben wir nicht das Recht, das zu erfahren? So stellen wir uns alle etwas Furchtbares vor.
— Das ist Alberts ausdrücklicher Wunsch - hast du das nicht gelesen?
— Was stellst du dir denn vor?
was wohl ...

niemand hat hier irgendein Recht außer Albert
— I agree!

Was ist mit denen, die allein zurückbleiben, die verlassen werden? Haben die keine Rechte? Das macht mich so wütend!
— Es tut mir Leid, dass du jemanden verloren hast. RIP.
habe ich nicht

— ach so

So schade!!!!!!!

schade…

Unpackbar. Traurig.

Ich muss so weinen!

Wahnsinnig traurig. Einer der Großen ist von uns gegangen.

Was für ein Schock am frühen Morgen! Ich geh wieder schlafen.
— ich hab mich auch gleich wieder unter die bettdecke verkrochen
— meet me under the Bettdecke haha
— geschmacklos srry

Mein Beileid.

Aufrechtes Beileid.
— es heißt »aufrichtiges«
du kannst mich mal

Mein tiefes Mitgefühl für die Familie.
— meins auch
— voll!!!!!

Lieber Matze, dein Text hat mich sehr berührt. Danke! War Albert wirklich deine erste Lebensliebe? Ich wusste nicht, dass er schwul war …

heartbreaking news!

Mein Mitgefühl.

Haha, böse Rülpsraupe, das ist gut

Mein Beileid!

So so traurig.

Der Hamster meiner Kinder ist auch gestern gestorben …

— mach auf jeden fall eine trauerzeremonie mit ihnen das kann sie sonst traumatisieren

— aber bitte nicht im eigenen Garten vergraben, das ist asozial

wo sonst?

— es gibt Extra-Tierfriedhöfe, noch nie davon gehört?!

Das traumatisiert die Kinder erst recht.

— Warum?

Rest in peace.

Ruhe in Frieden.

RIP.

RIP!

Weiß jemand, wann und wo die Beerdigung ist?

— das wüsste ich auch gerne!

— war bestimmt schon …

— ich hätte mich gerne verabschiedet

— ich auch!

— und ich

lasst uns unsere eigene Abschiedsfeier machen

— ich bin dabei!

— Ich auch.

— Ich auch.

— Ich auch.

— I'm on it.

— Wann und wo?
— Warte, ich mache ein Event. So.
Hier ist der Link.
— geil

Beileid.

Mein Mitgefühl!!!!!!!!!!!!!!!!!!!!

das Gedicht kenne ich irgendwoher ...
— 3 Hochzeiten und ein Todesfall
— 4!!!
— Hä?
— Es heißt »4 Hochzeiten und ein Todesfall«.
— wasisdas?
— irgend so ne olle Klamotte
— Klamotte?
— vergiss es
— danke für die Belehrung
— gern geschehen

Leute: Albert ist tot!
— Aha.
— Ich bin so traurig.
— Ich auch!
— Ich kann nicht mehr aufhören zu weinen.
— Mir ist die ganze Zeit schwindelig.
— Ich finde, er hätte seinen Fans einen Abschiedsbrief schreiben müssen.
— finde ich auch
— bullshit!

Mein ehrliches Mitgefühl.

Das tut mir so Leid!!!

Mein Beileid.

wenn das alberts bester freund ist, tut er mir leid

— wer?

der typ, der den text geschrieben hat, matze

— habe ich auch gedacht

— wieso?

Mein aufrichtiges Beileid. RIP.

Mein Beileid.

Rest in peace!!

Alles Liebe und Gute für die Familie. Furchtbarer Verlust. Hoffentlich sind die Kinder nicht mehr klein.

— Hatte Albert Kinder?

glaub schon

— der doch nicht

— warum?

— Ich hab in einem Interview gelesen, er hatte sogar 5!

— von wie vielen Frauen?

— haha

seriously?!

Oh, Albert!

Zum Glück habe ich schon vor Jahren ein paar Bilder von ihm gekauft, die Preise werden jetzt durch die Decke gehen.

— this is barely appropriate…

ich spreche nur Hochdeutsch

— hochdeutsch vor allem

Ich finde, wir sollten die Seite nutzen, um unsere Erinnerungen an Albert miteinander zu teilen. Ich fange gerne damit an: Ich bin ihm mal vor Ewigkeiten über den Weg gelaufen, da hat er noch in so einer Art Scheune gemalt, die Bilder waren riesig, keiner wollte sie kaufen, mal was Kleineres, haben sie zu ihm gesagt, was man sich in eine Praxis hängen kann, aber Albert hat sich geweigert. Lieber hatte er kein Geld, gegessen hat er lange vor allem Milchreis aus Packungen, das weiß ich von einer Freundin, die war mal kurz mit ihm zusammen. Seine Klospülung ging auch nie, man musste das immer mit einem Eimer Wasser machen.

— Iiiiiieeeeh!!!

— angemessen?

Warum nicht?

— Mir erscheint es pietätlos, angesichts des Todes von kaputten Klospülungen zu sprechen.

— Albert hätte das gemocht.

— Kennst du ihn?

— Nein.

Who cares?

— Schwein!

Jahr IV

März

Lieber Matze, bitte entschuldige, dass ich mich an dich wende. Ich kann nicht anders. Ich kann einfach nicht anders.

Du musst nicht antworten, aber wenn es geht, antworte bitte, antworte mir. Bitte. Ich kämpfe seit drei Monaten mit mir, es lässt mir keine Ruhe, ich gehe kaputt. Seit Alberts Tod gehe ich kaputt. Aber das darf nicht sein, denn ich habe eine Tochter, sie heißt Lucia, und sie hat Sommersprossen auf der Nase, deren Entstehen ich nicht habe kommen sehen. Einmal habe ich Albert davon erzählt.

Ich habe Albert Dinge erzählt, die ich noch nie jemandem erzählt habe, obwohl wir uns nicht kannten. Diese unglaubliche blitzartige Nähe, die im Netz entstehen kann, ist auch eine kalte Nähe, eine ferne Nähe, eine heiße Nähe, eine künstliche Nähe, eine unverbindliche Nähe. Eine geile Nähe.

Natürlich war ich nicht die Einzige, mit der Albert sich geschrieben hat, das weiß ich, ich bin nicht von gestern. Aber Albert war trotzdem ..., egal. Ich weiß nicht, wie einem das egal sein kann.

Albert und ich haben uns hier drei Jahre lang geschrieben. Immer wieder. Und seitdem er tot ist, finde ich keine Kraft mehr. Für nichts. Ich finde einfach keine Kraft mehr, nicht einmal dafür, um den Hügel hinter unserem Haus hochzugehen mit meiner Tochter am Morgen. Was allerdings eine lebensnotwendige Angelegenheit ist, denn oben, auf dem Hügel, liegt ihr Kindergarten.

Es handelt sich wirklich um einen kleinen Hügel, er hat kaum eine Steigung, zehn Grad vielleicht, gibt man das so an, ich weiß es nicht.

Aber jeden Morgen kämpfe ich mit diesem lächerlichen Hügel. Schon, wenn ich noch im Bett liege, schlaflos, meistens schlaflos, seit drei Monaten liege ich schlaflos im Bett, bevor der Wecker klingelt, denke ich, wie soll ich heute den Hügel hochkommen, der kein Hügel ist, kaum ein Hügel. Das schaffe ich auf keinen Fall, ich schaffe das einfach nicht. Und ich habe einen Schweißausbruch nach dem anderen.

Ein einziges Mal haben Albert und ich uns persönlich gesehen, ein einziges Mal sind wir uns persönlich begegnet, und wir haben eine Nacht miteinander verbracht. Nicht wie du denkst. Vielleicht wie du denkst. Hat Albert dir davon erzählt?

Lieber Matze, das ist meine Frage an dich, den ich nicht kenne, den ich noch viel mehr nicht kenne als Albert. Alles, was ich über dich weiß, ist, dass du Alberts Blutsbruder warst, und dass du Albert einmal geküsst hast in der Ukraine. Oder stimmt das auch nicht? War das auch gelogen?

Lieber Matze, was ich wissen möchte, was ich wissen muss, hat Albert dir von mir erzählt? Hat er etwas über mich gesagt. Hat er nur ein Wort über mich gesagt, habe ich eine Rolle in seinem Leben gespielt, irgendeine Rolle? Hat er vielleicht mal meinen Namen erwähnt, irgendetwas von mir?

Ich verstehe vollkommen, dass du nichts über seinen Tod erzählen willst und kannst, und dass Albert das nicht wollte, ich verstehe und respektiere das vollkommen. Wirklich!

Vielleicht kannst du aber auch verstehen, dass es unglaublich, unfassbar, unermesslich schwierig ist, Abschied zu nehmen von einem Menschen, den man geliebt hat, wenn man plötzlich nichts mehr von ihm hört. Wenn man gar nichts mehr weiß von ihm, nichts mehr von ihm sieht. Einfach. Nichts. Mehr. Wie ein einziger anhaltender Schock fühlt sich das an. Kannst du dir das vorstellen? Warum, wie, wo, wann, nichts weiß ich. Wie soll man von einem Menschen Abschied nehmen, wenn man nicht mal weiß, wo er begraben liegt? Wenn man keinen Ort zum Trauern hat? Ich habe keinen Ort zum Trauern. Und ich halte das nicht aus! Ich halte das einfach nicht mehr aus. Bitte, hilf mir. Undine

---

Juni

Hallo Undine, bitte entschuldige, dass ich dir erst jetzt antworte, das tut mir leid. Du kannst dir nicht vorstellen, wie viele Nachrichten mich nach Alberts Tod erreicht haben und immer noch erreichen. Nachrichten von Menschen, die Albert bewundert haben, die ihn gemocht haben, verehrt, auch gehasst, von Frauen und Männern, mit denen er geflirtet hat. Albert war da grenzenlos. Ich habe so gut wie niemandem geantwortet, ich habe dazu keine Zeit und Kraft, außerdem hätte Albert das nicht gewollt. Bei dir mache ich eine Ausnahme.

Es tut mir leid, Undine, aber Albert hat mir nicht von dir erzählt, und er hat auch nie deinen Namen erwähnt. Den hätte ich mir, denke ich, gemerkt. Das heißt aber nicht, dass du und der Austausch mit dir ihm nichts bedeutet haben. Wir haben uns solche Dinge kaum erzählt. Wenn wir uns gesehen haben, waren wir einfach zusammen. Ich hoffe, es geht dir jetzt schon besser, es ist ja einige Zeit vergangen, und du kommst hoffentlich wieder gut den Hügel hoch zum Kindergarten deiner Tochter! Alles Gute, Matze

Zum letzten Mal: Geträumt IV

Wenn du bei etwas, das du tust, genau weißt, ganz genau weißt, das ist das letzte Mal, das werde ich nie wieder tun, das ist exakt in dem Moment das absolut letzte Mal. Wenn du dein Kind zum letzten Mal in den Kindergarten bringst, und es reicht dir mit einem Mal bis zur Hüfte. Erst auf eurem letzten Weg zum Kindergarten merkst du das plötzlich, du hältst ihre Hand, und sie sagt etwas, du wendest dich ihr zu, und ihr Kopf reicht dir plötzlich bis zur Hüfte. Du verstehst die Welt nicht mehr. Du verstehst in dem Moment überhaupt nicht, wie das passieren konnte. Das hätte nicht passieren dürfen. Warum passieren ständig diese furchtbaren Dinge?

Auch, wenn du das letzte Glas Marmelade öffnest, von deiner Mutter gekocht, Holunder mit Birne und einem Hauch Zimt, und dir ist genau in diesem Moment bewusst, beim Klacken des Deckels, den du aufdrehst, ist dir mit deinem ganzen Fühlen und Denken, mit Fleisch und Blut und allen Knochen ist dir bewusst, das ist das letzte Mal. Das ist das letzte Glas, das du von ihr besitzt, das allerletzte Glas. Ein weiteres wird es nicht geben, das wird es nie mehr geben, in deinem ganzen Leben.

Nie wieder wirst du die eine, die einzigartige Marmelade deiner Mutter essen, nie wieder wirst du auch sehen, wie sie sich eine verschwitzte Haarsträhne aus dem Gesicht streicht, mit ihrem typischen verärgerten Gesicht, als wäre das eine Zumutung. Als wäre alles eine Zumutung.

Nie wieder wirst du hören, wie sie schimpft, weil sie gekleckert hat beim Umgießen des kochendheißen Marmeladenbreis. Verfluchte Scheiße! schimpft sie, und du bist ein Kind und wunderst dich. Du spielst im Wohnzimmer mit Puzzleteilen, und du wunderst dich, was für Kraftausdrücke aus deiner Mutter kommen, aus deiner zarten Mutter.

Du hast die Puzzleteile als Kind nie zusammen gesteckt, so wie es vorgesehen war, sondern du hast sie angemalt auf ihrer Rückseite, vollgekritzelt mit Hieroglyphen. Nur die Puzzle wolltest du haben, die keine Muster auf der Rückseite hatten, damit du sie anmalen konntest. Das allein war zentral für dich, und auch das hast du nie wieder getan. Von einem Tag auf den anderen hast du damit aufgehört.

Aber damals wusstest du nicht, dass es das letzte Mal war, und auf jeden Fall denkst du jetzt, auf jeden Fall ist es besser, zu wissen, dass etwas das letzte Mal ist, besser ist es, in dem einen entscheidenden Moment genau zu wissen: Das ist jetzt das allerletzte Mal.

Was willst du uns damit sagen, liebe Undine?

wunderschöner Text I love it

Holunder mit Birne finde ich grenzwertig
— kann ich mir auch nicht vorstellen
— quatsch das ist saulecker

meine Mutter hat nie Marmelade selbst gekocht
— Sei froh!!!

vielleicht doch mal auf Asperger untersuchen lassen

ich sitze hier mit einer träne im knopfloch

Ich liebe es, meine Kinder aufwachsen zu sehen, es ist so wichtig, auch loslassen zu können.

— oberschlau

— Stimmt's oder habe ich recht?!

diese gefühllosen menschen

berührt mich, danke. Aber du verabschiedest dich jetzt nicht, hier, oder, Undine? Das fände ich superschade!

— ich auch

— ich nicht!

Baby, diese Texte sind ja schön und gut, aber wann bekommen wir mal wieder ein Bild von dir zu sehen, am besten Ganzkörper, bitte danke

— diese machotypen hier, ich verstehe nicht, warum undine die nicht einfach blockiert

— wahrscheinlich findet sie's geil

— you wish

ich weiß noch genau wie ich zum letzten Mal meine Schwester gesehen habe, sie hatte, ohne mich zu fragen, meine neue Bluse angezogen und sie mit Schokoladeneis bekleckert, Kackbratze habe ich ihr hinterhergebrüllt, als sie losgezogen ist zur Schule, sie hat sich noch einmal zu mir umgedreht und mir den Stinkefinger gezeigt, dabei hat sie gegrinst, das war das letzte Mal, das ich sie gesehen habe

— so traurig!!!!!!

— Das ist ja schrecklich!

— Warum habt ihr euch nicht mehr gesehen?

— I'm sorry for your loss!

— Kackbratze merke ich mir

ich koche die beste holunder-birnen-marmelade der welt aber ohne zimt das finde ich pervers

— Das glaube ich dir nicht.

DANK AN

Wombat und Ratte. Ohne sie hätte ich den Roman nicht geschrieben.

Lou! Verleger, Freund, Schreibender, Mensch.
Ich bin dir so verbunden.

Antje. In einem anderen Leben heiraten wir.
Hast du gesagt.

Stephie. Du bist mir so lieb und teuer. Danke, dass ich immer wieder bei dir Unterschlupf finde zum Schreiben! Du hättest mir kein schöneres Geschenk machen können als das hier.

Uli und Margit. Die ihr euch wahrhaftig auch für meine Arbeit interessiert, mich treu und anhaltend bestärkt, ermutigt, auffangt. Seit so vielen wertvollen Jahren. Was wäre ich ohne euch.

Alle Geister, Gespenster, Schemen meines vergangenen, jetzigen und zukünftigen Lebens. Oft muss ich aufpassen, dass ich nicht mehr bei und mit euch lebe als in der sogenannten Wirklichkeit.

Dabei helfen mir tatkräftig Jens, Johannes, Mika und Felice. Ich liebe euch.

1. Auflage 2023

www.literatur-quickie.de

Lektorat Gunter H. Buddenhavn
Coverillustration Heike Küster
Gestaltung und Satz de Jong Typografie
Druck Beltz Grafische Betriebe GmbH

ISBN 978-3-949512-15-5